Scoop à Versailles

1

L'AFFAIRE DES TREIZE PIÈCES D'OR

Annie Pietri

Scoop à Versailles

1

L'affaire des treize pièces d'or

Illustré par Mégane Lepage

GALLIMARD JEUNESSE

LES PERSONNAGES

Ceux qui ont existé :

Louise-Françoise de Bourbon, dite « mademoiselle de Nantes », née en 1673, fille de Louis XIV et de la marquise Athénaïs de Montespan.

LOUISE-FRANÇOISE

Anne-Marie d'Orléans, mademoiselle de Valois, dite « Mademoiselle », née en 1669, fille de Philippe d'Orléans, dit « Monsieur » (frère cadet de Louis XIV). Anne-Marie est donc la nièce de Louis XIV, et la cousine germaine de Louise-Françoise.

MADEMOISELLE

Marquise Athénaïs de Montespan (1640-1707), favorite de Louis XIV, mère de Louise-Françoise.

ATHÉNAÏS DE MONTESPAN

Louis-Auguste de Bourbon, duc du Maine, né en 1670, fils de Louis XIV et de la marquise Athénaïs de Montespan, frère aîné de Louise-Françoise.

LOUIS-AUGUSTE

Ceux qui appartiennent à la fiction :

GASPARD

Gaspard Janvier, 12 ans.

Mary et Charles, parents de Gaspard. Créateurs et rédacteurs du *Mercure curieux*.

MARY ET CHARLES

M. PERDRILLAUX

Monsieur Perdrillaux, précepteur de Louise-Françoise.

Antonine, 13 ans, lingère au service d'Anne-Marie d'Orléans.

ANTONINE

BERTILLE

Bertille, 19 ans, femme de chambre de Louise-Françoise.

CHAPITRE 1

Malin, oui, mais pas voleur !

Versailles, 6 avril 1684.

– Je t'ai vu !

Gaspard sursauta.

Qui avait parlé ?

Dans son refuge, sous la table que les domestiques commençaient à préparer pour le banquet du soir, le garçon retenait sa respiration et attendait sans faire le moindre geste.

Le visage d'une fillette apparut alors sous la longue nappe ; une jolie frimousse coiffée d'une fontange[1] de boucles blondes.

1. Sorte de chignon. Coiffure mise à la mode en 1681 par Mlle de Fontanges, une des favorites de Louis XIV.

– Si je te dénonce, tu iras en prison. Je suis duchesse, et j'ai le pouvoir de te faire enfermer ! lança-t-elle.

Méfiante, mais à la fois tellement curieuse, elle prit le risque d'avancer à quatre pattes pour venir s'asseoir face à celui qui se cachait là. Les sourcils froncés, elle observait avec dédain les vêtements poussiéreux, les souliers crottés de boue et la tignasse ébouriffée du garçon. À l'évidence, ils n'appartenaient pas au même monde. Elle vivait à la cour du Roi-Soleil. Lui sortait tout droit du ruisseau.

– Comment t'appelles-tu ? reprit-elle d'un ton autoritaire.

– Gaspard. Gaspard Janvier. Je viens juste d'avoir douze ans.

Il posa un regard courageux sur celle qui venait de le surprendre… Un regard de petit chat sauvage prêt à se défendre.

– Et toi ? dit-il.

– Louise-Françoise.

– Tu es vraiment duchesse ?

– C'est moi qui pose les questions ! se fâcha-t-elle. Que fais-tu ici ? As-tu conscience de l'endroit où tu te trouves ?

– Bien sûr, répondit Gaspard. Cet après-midi, toi et moi, on est assis sur le parquet d'un salon au château de Versailles. Ici, dans quelques heures, à la nuit tombée, le roi donnera un banquet en l'honneur des noces de

sa nièce, Anne-Marie d'Orléans. Et dans quatre jours, en la Chapelle royale, on célébrera le mariage.

– Je m'en doutais. Tu es un tire-laine. Tu veux chaparder les bijoux des invités lorsqu'ils arriveront tout à l'heure pour passer à table ! Je me demande comment tu as fait pour te faufiler jusqu'ici sans te faire repérer par les gardes ou les serviteurs. Tu es rusé, toi !

– Malin, oui, mais pas voleur ! J'ai jamais rien dérobé. À personne ! Je mène des enquêtes, voilà tout.

CHAPITRE 2

Le Mercure curieux ignorait ce détail

Gaspard examinait la fillette et s'interrogeait... Si joliment vêtue, avec, dans sa coiffure, quelques perles et des rubans bleu azur assortis à la couleur de sa robe, les joues fardées d'un soupçon de rose... elle était peut-être la fille d'un personnage important à la cour de Louis XIV. Le garçon regretta de l'avoir tutoyée à trois reprises, et pensa qu'il serait plus respectueux de la vouvoyer. Certes, Louise-Françoise s'était montrée menaçante à son égard, mais elle ne s'était pas plainte de cette familiarité. Dans ce cas, pourquoi ne pas continuer à lui dire « tu » ? C'est ce que Gaspard décida de faire. Il serait bien temps de s'excuser et de changer de ton, si jamais elle lui faisait une remarque.

– Des enquêtes ? Voyez-vous ça ! dit-elle, avant d'éclater de rire.

– C'est la vérité ! se défendit Gaspard. J'ai été franc avec toi. Maintenant, à ton tour. Tu… tu es vraiment duchesse ?

La fillette redevint sérieuse et annonça :

– Oui ! Mon nom est Louise-Françoise de Bourbon. On me nomme aussi « mademoiselle de Nantes ». J'ai dix ans, mais dans deux mois je fêterai mes onze ans.

Devant le regard éberlué de Gaspard, elle se tut quelques instants pour faire durer le mystère.

– Mes parents ne sont autres que Louis XIV et la marquise de Montespan, poursuivit-elle enfin. Et Anne-Marie d'Orléans, la future mariée, est ma cousine.

– Ça alors…, murmura Gaspard. J'aurais jamais imaginé qu'un jour, je me retrouverais assis sous une table en compagnie de la fille du roi.

– Je vois que tu as compris. Alors, maintenant, tu vas m'en dire plus à ton sujet, sinon…, menaça-t-elle.

Gaspard n'avait jamais eu peur de grand-chose, mais cette fois c'était différent. Il était conscient du danger, et un léger frisson parcourut son dos. Louise-Françoise avait bel et bien le pouvoir de le faire jeter en prison. Elle n'avait qu'un mot à dire…

– Ainsi, tu t'appelles Gaspard Janvier, continua-t-elle. Tu as un nom de… calendrier. Pourquoi ?

– On m'a abandonné quand j'étais petit, expliqua-t-il,

j'avais trois mois seulement. Le bedeau de l'église Saint-Sulpice m'a trouvé endormi dans un panier, à la porte de la sacristie.

– Quelle horreur ! s'indigna Louise-Françoise, sincèrement touchée par ce qu'elle venait d'entendre. J'ai du mal à te croire…

– Normal. Tu habites dans un palais, sous la protection du roi. Tu ignores comment vivent les gens du peuple. La misère les oblige parfois à rejeter leurs enfants. Ils les déposent à la porte des couvents ou dans les églises. La plupart du temps, on ne connaît pas leur âge, et encore moins leur nom. Moi, j'ai eu de la chance. Dans mes langes, on a découvert un petit morceau de papier sur lequel était griffonnée ma date de naissance, le 6 janvier 1672. Grâce à cela, on a pu me donner un nom : Janvier.

– Et un prénom : Gaspard. Comme le Roi mage, évidemment, puisque le 6 janvier est le jour de l'Épiphanie ! renchérit Louise-Françoise.

Le garçon approuva d'un signe de tête et poursuivit :

– J'ai passé une nuit aux bons soins de la femme du bedeau, et dès le lendemain, on m'a confié à l'hôpital des Enfants-Trouvés. J'y suis resté cinq ans jusqu'au jour où Charles et Mary, un couple de gens instruits, m'ont recueilli et aimé comme leur fils. Grâce à l'éducation qu'ils m'ont donnée, je sais lire, écrire, compter, m'exprimer correctement et me comporter de même. C'est pour eux que je travaille aujourd'hui.

– Tu veux parler des enquêtes ?

– Oui, répondit Gaspard, ravi de l'intérêt que lui portait enfin la petite duchesse.

– Ton père fait-il partie de la police du roi ?

– Point du tout ! Charles et Mary ont créé un mercure. *Le Mercure curieux*.

Étonnée, Louise-Françoise écarquilla ses beaux yeux bleus.

– Qu'est-ce qu'un mercure ? demanda-t-elle d'une petite voix.

– C'est un journal qui donne à ses lecteurs des informations sur ce qui se passe à Versailles, dans la ville, mais surtout à la Cour. Tu vois ?

– Très bien, dit la fillette en hochant la tête. Mais quel est ton rôle ?

– C'est simple. Lorsque des nouvelles, ou de simples rumeurs, parviennent au journal, Charles et Mary, qui travaillent ensemble, m'envoient chercher des renseignements. Avant de publier un article dans *Le Mercure curieux*, on doit vérifier que tout est vrai.

– Et quelle « vérité » es-tu venu glaner sous cette table ? plaisanta Louise-Françoise.

– Mes parents manquent d'éléments pour écrire une page sur le mariage d'Anne-Marie d'Orléans. Je me suis caché ici pour écouter les conversations des invités, pas pour les détrousser. Je dois en apprendre davantage sur cette union. Mais… j'y pense… toi, tu vis à la Cour, tu es forcément au courant de tout ! Si tu voulais bien me dire ce que tu sais, là, maintenant, je pourrais rentrer chez moi. Et je n'attraperais pas mal aux jambes à rester recroquevillé à l'abri de cette nappe pendant des heures. Ta cousine épouse un duc, c'est bien ça ?

Louise-Françoise ne se fit pas prier pour répondre. La situation l'amusait !

– En effet, il s'agit du duc de Savoie. Mais il n'est pas venu à Versailles. Anne-Marie doit se marier par procuration.

Gaspard haussa les sourcils.

– Par procuration ? *Le Mercure curieux* ignorait ce détail.

– Le duc a jugé que la route depuis Turin était trop longue et trop fatigante pour lui. Alors, il a fallu lui trouver un remplaçant. C'est Louis-Auguste, mon frère aîné, qui tiendra ce rôle lors de la cérémonie. Une fois le mariage célébré, dès la sortie de la Chapelle royale, Anne-Marie quittera le château. Elle montera dans un carrosse, le roi dira : « À Turin ! », et le cocher lancera ses chevaux sur la route de la Savoie. Une autre cérémonie aura lieu là-bas, à l'arrivée d'Anne-Marie.

– En présence du duc, le vrai marié ?

– Évidemment ! se moqua Louise-Françoise. Il l'attend avec impatience. Voilà, en résumé, la manière dont ce mariage se déroulera.

– C'est tout ?

Gaspard avait l'air déçu.

– Tu n'es pas satisfait ? Je viens pourtant de te révéler des choses importantes et… secrètes.

– Tu es sûre qu'il ne se passe rien d'autre ? Rien de… particulier ? Un événement imprévu et fâcheux qui embarrasserait le roi ?

La fillette semblait inquiète et enroulait nerveusement une boucle de cheveux autour de son index.

– Pourquoi me demandes-tu cela ?

– Parce que, ce midi, une rumeur est parvenue au *Mercure curieux*…, expliqua le garçon d'un air énigmatique. Voilà pourquoi je suis venu enquêter ici, cet après-midi.

– Ah oui ? Et… que disent les ragots ?

– Il paraît que l'ambassadeur de Savoie menace d'annuler le mariage.

CHAPITRE 3

Un invité de marque

– Je suis au courant…, murmura Louise-Françoise, avec l'air d'en savoir long sur le sujet. Ce matin, j'ai entendu le roi et ma mère en parler. Ils semblaient très soucieux. J'aime bien écouter aux portes et regarder par les trous de serrure. Et j'adore échapper à la surveillance de Bertille, ma femme de chambre, pour aller fureter dans le château. La curiosité est une qualité, je crois, elle permet d'apprendre plein de choses…

– Alors, je suis curieux de savoir ce que tu as découvert ! s'exclama Gaspard.

– Je t'expliquerai, mais pas maintenant. Je dois partir, sinon je ne serai pas à l'heure pour ma leçon d'écriture. Le prétentieux qui me sert de professeur ne supporte pas que j'arrive en retard. Je reconnais que je le fais souvent attendre, et j'en suis quitte pour me faire disputer chaque fois. Il s'appelle Perdrillaux, mais je préfère le nommer « la Perdrix ». Je le déteste !

La fillette soupira en levant les yeux au ciel.

– Viens avec moi, ordonna-t-elle. Tu verras de quelle manière je vais me débarrasser de cet ennuyeux. Il veut absolument me faire écrire de la main droite, alors que je suis plus habile de la main gauche. La peste soit de ses leçons ! La plume, l'encre, les pleins et les déliés, en plus des crampes à la main, cela me donne mal à la tête !

Avant qu'ils ne s'élancent hors de leur cachette, Louise-Françoise ajouta :

– À partir de maintenant, si quelqu'un t'interroge, tu répondras que tu es mon valet, et on te laissera tranquille. Nul ne doit deviner la véritable raison de ta présence au château, et encore moins que je suis prête à participer à tes recherches.

– C'est vrai ? Tu vas m'aider ? demanda Gaspard, interloqué.

– Autant que je pourrai. Ton histoire m'a émue, et ta mission est pour moi une aubaine. Elle va beaucoup m'amuser, je m'ennuie tant à Versailles ! J'espère seulement que j'ai raison de te faire confiance. Mais je te rappelle que je suis duchesse. On me laisse rarement seule, et j'ai parfois des obligations qui m'agacent autant que les leçons de la Perdrix.

– Merci, murmura Gaspard.

– Attention ! Si jamais tu m'as menti, tu iras dormir sur la paille moisie d'un cachot.

– Pour sûr, je ne te décevrai point.

– Parfait ! lança Louise-Françoise. Tu fais maintenant partie de mes domestiques.

Gaspard remercia d'un sourire. Les deux enfants jaillirent alors de dessous la table, et quittèrent le salon en direction de l'aile du Midi. Dans leur précipitation, ils bousculèrent les domestiques qui entraient, les bras chargés de fleurs destinées à la décoration des tables du banquet. Ils continuèrent à travers un vestibule où des courtisans se pressaient dans l'espoir d'apercevoir le roi.

Gaspard était si impressionné qu'il ralentit l'allure. Il ne se lassait pas d'admirer les dorures. Et il y en avait partout ! C'était là, sur les murs et les plafonds du palais qu'atterrissait, entre autres, l'or des impôts que payait le peuple ?... Des courtisans se tenaient ici et là, par petits groupes, et parlaient à mi-voix. Ils étaient tous plus richement vêtus les uns que les autres ! Parées de somptueux bijoux, les femmes rivalisaient d'élégance dans leurs robes aux mille couleurs. Serrées à l'extrême dans des corsets qui les empêchaient presque de respirer, elles souffraient de la chaleur et agitaient leurs éventails. Les hommes, quant à eux, portaient de longues perruques bouclées, des souliers à talons rouges et tenaient à la main leurs chapeaux à plumes.

Le garçon se serait volontiers arrêté pour observer ce joli monde, mais il n'en avait pas le temps. Louise-Françoise détalait aussi vite que si elle était poursuivie par le diable en personne. Il ne devait surtout pas la perdre de vue.

Après avoir gravi un bel escalier jusqu'à l'étage supérieur et longé une galerie, ils redescendirent quelques marches et débouchèrent dans un corridor quasi désert. Là, à bout de souffle, ils s'engouffrèrent dans un long couloir de service où la fumée des chandelles empoisonnait l'air et piquait les yeux.

La jeune duchesse s'arrêta enfin devant une porte et s'agenouilla pour regarder par le trou de la serrure.

– D'ici, j'ai une vue parfaite sur mon salon et la pendule de la cheminée. Oh là là ! Je suis encore très en retard. La Perdrix est déjà arrivé, et il a sa tête des mauvais jours… Reste là, dit-elle en se relevant. Ce ne sera pas long. Et je t'autorise à être aussi curieux que moi.

– Tu veux dire que j'ai le droit de regarder par le…

– Exactement ! l'interrompit-elle. Tu comprends vite.

Elle entra, et Gaspard la vit se présenter à son précepteur qui, bien sûr, commença par la sermonner.

– Vous ne cesserez donc jamais de me faire attendre, mademoiselle. Vous êtes incorrigible, et j'en suis fort contrarié. J'avais prévu de vous offrir une belle récompense si vous étiez à l'heure. Ce sera peut-être pour la prochaine leçon, ou… une autre fois. Maintenant, asseyez-vous, je vous prie, et écrivez !

Perdrillaux se racla bruyamment la gorge avant de reprendre :

– Aujourd'hui, nous allons travailler les pleins et les déliés des lettres majuscules.

Louise-Françoise jeta un coup d'œil en direction de la porte derrière laquelle se tenait Gaspard. Elle disposa ensuite une feuille devant elle et, d'un geste naturel, elle saisit la plume de la main gauche pour la tremper dans l'encrier.

– Non, mademoiselle ! Combien de fois faudra-t-il vous répéter d'utiliser votre main droite ? Le faites-vous exprès, dans le but de m'agacer ?

– Je n'oserais pas, monsieur, minauda la fillette.

Elle se retenait de rire, et cela se voyait.

– Si vous continuez à vous moquer de moi, s'écria le professeur, j'irai trouver madame votre mère pour me plaindre de vous. Et, croyez-moi, je lui donnerai tous les détails de votre insolence, de sorte qu'elle vous punisse comme vous le méritez.

Louise-Françoise laissa tomber la plume pleine d'encre au sol et posa son front sur la feuille de papier.

– J'ai mal à la tête…, pleurnicha-t-elle.

– Comme par hasard ! Chaque fois que je suis en colère, vous avez mal quelque part. Eh bien, vous avez gagné. Je vais de ce pas chez madame la marquise !

L'homme sortit du salon en faisant résonner ses talons sur le parquet.

être qu'en or. Mais, ce matin, en écoutant le roi parler avec ma mère, j'ai appris que dans l'écrin, en plus du treizain, se trouvait la bague de mariage destinée à ma cousine Anne-Marie.

Gaspard haussa les sourcils, l'air étonné.

– Le roi aurait préféré un coffret séparé pour la bague ?

Louise-Françoise leva les yeux au ciel.

– Mais non ! s'impatienta-t-elle. C'est bien plus grave que ça. L'ambassadeur de Savoie menace de reprendre tous les cadeaux qu'il a offerts à la famille royale de la part du duc, et de repartir à Turin sans Anne-Marie… Il affirme que le mariage ne peut avoir lieu, car le treizain et la bague ont disparu !

CHAPITRE 4

Tu cherchais à me perdre ?

– *Le Mercure curieux* a été bien informé, jubila Gaspard. Cette affaire doit soucier le roi. Si les noces de ta cousine sont annulées, c'en est fini des bonnes relations entre la France et la Savoie. Les deux pays pourraient devenir ennemis…

– Et la réputation d'Anne-Marie en souffrirait, ajouta Louise-Françoise. Plus aucun prince européen ne voudrait l'épouser.

– Elle doit être désespérée…

– Pas du tout ! Selon elle, le coffret a été égaré dans l'agitation et le fouillis des préparatifs de son départ pour la Savoie. Elle est persuadée qu'on va le retrouver d'une minute à l'autre. Ses femmes de chambre défont une à une les malles qui étaient prêtes. Le moindre vêtement est secoué pour voir s'il en tombe quelque chose. Les tapis ont été soulevés pour vérifier que rien ne s'est glissé en dessous. Le lit et le baldaquin, le moindre pli des rideaux, les vases, la cheminée et la garde-robe ont été inspectés.

– Et rien ? souffla Gaspard.

– Non, rien pour l'instant. Ce matin, le roi et ma mère disaient que c'était très contrariant car l'ambassadeur a même refusé de signer le contrat de mariage.

– Tu aimerais qu'on aide les domestiques à chercher ?

– À quoi bon ? Tout a été fouillé en vain.

– Je suis certain que tu es curieuse et que tu meurs d'envie d'aller fouiner dans les affaires de ta cousine.

Louise-Françoise glissa un regard de connivence à Gaspard.

– Tu as raison. Mais c'est délicat… Je suis duchesse, personne ne comprendrait que je me mêle aux femmes de chambre. Quant à toi, nul ne te connaît, on se demanderait d'où tu sors. Et puis, pour entrer dans les appartements d'Anne-Marie, il faudrait patienter jusqu'à ce qu'elle sorte et que ses gens soient occupés ailleurs.

– Pendant que je t'attendais, deux valets et trois servantes sont passés dans le couloir.

– Ils t'ont surpris en train de regarder chez moi par le trou de la serrure ?

– Non, je les avais entendus arriver, leurs voix et les

bruits de pas qui se rapprochaient m'avaient alerté. Je me suis vite relevé, et j'ai fait semblant de vérifier l'état des chandelles. Ils se sont tus lorsqu'ils m'ont aperçu, mais j'avais entendu leur conversation.

– De quoi parlaient-ils ?

– Ils se plaignaient d'avoir à chercher ce maudit treizain qui leur donnait plus de travail que d'habitude, d'autant qu'ils étaient moins nombreux qu'à l'ordinaire. Il paraît qu'une lingère est malade, et l'autre, une certaine Antonine, est introuvable.

– Si tu les as vus partir tous ensemble, c'est sûrement qu'ils allaient aux cuisines manger un morceau. Cela signifie que ma cousine a rejoint le roi pour sa promenade dans le parc du château en compagnie de l'ambassadeur de Savoie. C'est le bon moment, allons-y !

Louise-Françoise entraîna de nouveau Gaspard dans une course à travers le château. Mais cette fois, pas de salon aux dorures éclatantes, pas de souliers aux talons rouges ni de chapeaux emplumés. Pas de grand escalier non plus. Ils empruntèrent seulement des petits couloirs, des escaliers dérobés pour monter puis descendre. Ils suivirent ensuite une coursive extérieure, une sorte de long balcon bordant la façade tout autour d'une cour.

À force de courir, ils avaient chaud. La fraîcheur du dehors leur fit du bien.

Ils s'arrêtèrent pour observer ce qui se passait dans

la cour, un étage plus bas. Les domestiques allaient et venaient en tous sens, en criant pour s'interpeller, en riant ou sifflotant. Les plus costauds roulaient des tonneaux, portaient des seaux d'eau, des piles de linge ou des paniers de légumes. Les autres se chargeaient des corbeilles de fruits, des jattes de lait, des fagots de bois et d'un tas de petites choses encore. L'agitation était grande en prévision du banquet, mais sans désordre. Chacun savait ce qu'il avait à faire.

– Où sommes-nous ? demanda Gaspard. Pourquoi tu m'as entraîné dans ce labyrinthe ? Ça fait dix minutes que nous montons et descendons. J'ai l'impression qu'on tourne en rond.

Avant de répondre, Louise-Françoise le fixa. Elle en profita pour noter qu'il avait de bien jolis yeux couleur noisette.

– Nous sommes presque arrivés chez Anne-Marie, déclara-t-elle. Ce dédale de couloirs et d'escaliers avait pour but de... brouiller ton sens de l'orientation.

– Tu cherchais à me perdre ? s'étrangla le garçon.

– Ce n'est pas ce que j'ai dit. Je voulais juste compliquer le trajet entre mon appartement et celui de ma cousine Anne-Marie.

– Pourquoi ?

Vexé et inquiet, Gaspard n'y comprenait rien. Avec son air de fillette espiègle prête à tout pour se distraire, la duchesse avait-elle secrètement résolu de l'attirer dans un piège ? La prison qu'elle lui promettait une demi-heure plus tôt était-elle au bout de cette cavalcade dans le château ? Louise-Françoise allait-elle le mener à la salle des gardes où il serait aussitôt arrêté ?

Gaspard était plongé dans ses réflexions quand elle reprit la parole sur un ton moins assuré :

– Si tu reviens demain, ça m'ennuierait que tu retrouves le chemin de l'appartement d'Anne-Marie… Je ne veux pas que tu t'y rendes seul, c'est-à-dire sans moi.

– Je croyais que tu avais envie de me faire confiance.

– Oui, mais…, dit-elle doucement, j'ai soudain eu peur que tu veuilles te débrouiller tout seul, si tu parvenais à te repérer dans le château. Or, je tiens à continuer cette enquête avec toi.

– De toute façon, tu as perdu ton temps. J'ai un sens inné de l'observation et de l'orientation. Et je n'en suis pas à ma première enquête au château. Je commence à le connaître ! Sans mentir, je serais capable de refaire les yeux fermés le parcours où tu m'as entraîné depuis la salle du banquet, et de te décrire chaque pièce où nous sommes passés.

Louise-Françoise baissa la tête.

– Tu m'en veux ?

Gaspard se tourna vers elle, l'air le plus sérieux du monde.

– Écoute, miss duchesse, tu vas mettre dans ta jolie tête

que je tiens toujours mes promesses. On n'a pas dit qu'on faisait équipe, nous deux ?

– Si, on l'a dit.

– Alors je ne vais pas changer d'avis. Et toi ?

– Moi non plus, affirma la fillette. Mais pourquoi tu m'appelles « miss » ? Qu'est-ce que cela signifie ?

– Ça veut dire « mademoiselle » en anglais.

– Tu parles anglais ? Toi ?

– Oui, moi ! répliqua Gaspard, vexé par le ton dédaigneux de Louise-Françoise. Tu vois, les gens du peuple réservent parfois des surprises aux petites duchesses comme toi ! Mary, ma mère, est anglaise. Alors, je connais quelques mots.

– Miss… Miss duchesse ! Ça me plaît bien, dit-elle en riant.

Deux minutes plus tard, ils pénétraient à pas feutrés dans la chambre d'Anne-Marie d'Orléans.

Le silence régnait.

Tous deux restèrent un moment immobiles face à l'impressionnant déballage de vêtements qui s'étalait devant eux. Il y en avait partout ! Sur le lit, les fauteuils, le paravent, la commode, le parquet et les tapis.

– J'avais raison, il n'y a personne, murmura Louise-Françoise. Mais quelle pagaille !

Puis, sans un mot, elle avança prudemment parmi les malles ouvertes d'où débordaient une multitude de jupes, de chemises, de rubans de toutes les couleurs et de corsets.

Une quantité impressionnante de souliers jonchaient le sol. Sans pour autant oublier le treizain et sa mission, elle s'autorisa quelques instants de flânerie, s'attardant ici sur une broderie, là sur un éventail ou une boîte à mouches[1]. Tout était si beau ! Elle songea qu'un jour, elle aussi se marierait et, comme sa cousine, se verrait pourvue de somptueuses tenues.

De son côté, Gaspard attrapa un bougeoir, et se dirigea vers la garde-robe attenante à la chambre. Les recoins à explorer l'attiraient davantage que les jupons et les dentelles.

À peine entré, il décela une odeur délicieuse… Tel un chien de chasse guidé par son flair implacable, il approcha d'une petite table. Là, dans la lumière dorée de sa bougie, il découvrit les restes d'un repas à peine entamé. Plus rien d'autre ne l'intéressait désormais.

Il s'assit sur un tabouret, s'empara d'un poulet rôti et en arracha une cuisse qu'il engloutit en quelques bouchées. Il se régala ensuite de trois œufs durs nappés de coulis d'écrevisse, et d'un beau morceau de pâté d'anguille à l'estragon.

Louise-Françoise le rejoignit dans la garde-robe.

– Qu'est-ce que tu fais ? s'écria-t-elle en découvrant Gaspard attablé.

– Tu vois bien, déclara-t-il en fourrant dans sa bouche une belle part de fromage de chèvre.

1. Mouche : faux grain de beauté – petite pastille de tissu noir (taffetas) – que les femmes collaient sur leur visage et leur décolleté.

– Un voleur, voilà ce que tu es ! s'indigna la duchesse. Tu prives Anne-Marie de sa collation !

– Ta cousine se rattrapera ce soir au banquet, bredouilla Gaspard, la bouche pleine.

– En plus, tu manges salement, insista Louise-Françoise.

– Le roi aussi mange avec les doigts, se défendit le garçon.

– Peut-être, mais il ne parle pas la bouche pleine, lui !

– Tiens, sers-toi au lieu de râler, dit-il en tendant à la fillette une coupelle remplie des premières fraises de l'année.

Le goût délicat et sucré des fruits parfumés fit immédiatement cesser la discussion, et tout redevint calme. Un peu honteux, Gaspard en profita pour se justifier :

– Je suis désolé, je n'ai pas pu résister, dit-il. J'étais affamé… Toi, évidemment, tu ignores cette sensation de creux à l'estomac quand tu n'as rien à te mettre sous la dent pendant une journée entière.

Louise-Françoise ne répondit rien. Elle venait de comprendre que Gaspard ne mangeait peut-être pas tous les jours à sa faim. De ses grands yeux azur, elle scrutait le visage du garçon. Il avait vu juste. Depuis sa naissance, elle ne manquait de rien. Parfois, elle entendait raconter que le peuple était cruellement privé de nourriture, et cette injustice la chagrinait. Mais du haut de ses dix ans, que pouvait-elle y changer ? Elle était duchesse, et un jour, le roi lui choisirait un époux. Sûrement un prince. Alors, comme sa cousine Anne-Marie, elle ferait un grand mariage. Elle s'était donc promis que, plus tard, une fois riche, elle se montrerait généreuse avec les pauvres. Cela lui donnait bonne conscience et la réconfortait.

Mais aujourd'hui, sans attendre d'être mariée et fortunée, elle avait l'occasion de faire une bonne action.

– Tu peux emporter le poulet, si cela te fait plaisir, annonça-t-elle. De toute façon, s'il reste ici, un valet ou une femme de chambre le volera, soit pour en faire son souper, soit pour aller le vendre. Je préfère qu'il te revienne et que tu le partages avec ta famille.

– Tu es sérieuse ?

– Absolument !

– Pourtant, y a pas deux minutes, tu me traitais de voleur et tu plaignais ta pauvre cousine que je privais de son repas.

– Eh bien, j'ai changé d'avis, voilà tout ! C'est toi qui as raison, Anne-Marie soupera mieux ce soir.

– Merci ! dit Gaspard, enchanté.

Mais soudain…

– Tu as entendu ? chuchota-t-il, en posant la coupelle vide sur la table.

– Quoi ?

– Écoute… on dirait des pleurs.

Tous deux se regardèrent, silencieux, retenant leur

respiration pour mieux percevoir les bruits du château.

– C'est vrai, murmura Louise-Françoise. Ça paraît lointain, mais je crois que cela provient de la lingerie voisine. Viens, on y va !

Gaspard se dépêcha d'envelopper la volaille dans une serviette de table, et la glissa dans la besace de cuir brun qu'il portait en bandoulière et emportait partout avec lui.

Lorsqu'ils entrèrent dans la lingerie, le lieu semblait désert. Pourtant, dans un recoin, derrière des piles de draps à repasser et des paniers de linge sale, ils découvrirent une jeune fille, assise par terre, la tête entre les mains. Elle sanglotait et ne les avait pas entendus arriver.

– Je la reconnais, c'est une des lingères de ma cousine, dit tout bas Louise-Françoise à l'oreille de Gaspard.

Le garçon se souvint alors de la conversation des domestiques qu'il avait entendue quelques minutes plus tôt dans le couloir de service.

– Tu t'appelles Antonine ? demanda-t-il en s'approchant lentement.

La jeune lingère sursauta.

– Oui, dit-elle d'une petite voix, l'air apeuré, le visage trempé de larmes.

Gaspard avait vu tellement de gamins malheureux durant ses cinq années passées à l'hôpital des

Enfants-Trouvés qu'il ne supportait plus de voir quelqu'un pleurer. Toujours prêt à consoler et à aider, il voulait au moins savoir le pourquoi de ces larmes.

– Qu'est-ce qui t'arrive ? Tu es souffrante ? On t'a fait du mal ?

CHAPITRE 5

Un sourire canaille

Antonine ouvrit la bouche pour leur répondre, mais les deux enfants n'eurent pas le loisir d'entendre ce qu'elle avait à dire. Une voix haut perchée résonna à la porte grande ouverte de la lingerie :

– Ah ! vous voilà, mademoiselle ! s'écria Bertille, la femme de chambre de Louise-Françoise. Je vous cherche partout. J'ai bien cru que j'arriverai jamais à vous trouver. Madame la marquise vous demande, et elle a pas l'air contente…

De son côté, la lingère retenait ses larmes et ses gémissements, afin de ne pas attirer l'attention.

La duchesse observa sa servante. Les pommettes rouges, des mèches de cheveux s'échappant de son bonnet de coton et le tablier de travers, on voyait bien qu'elle avait couru.

Louise-Françoise soupira, tandis qu'à côté d'elle Gaspard n'osait pas bouger… Il lui lança un regard qui traduisait clairement sa pensée : « Eh ! miss duchesse, tu ne vas quand même pas partir alors qu'Antonine est sur le point de nous confier ses malheurs ! »

– Bertille, je suis occupée, lança-t-elle sur un ton agacé et autoritaire. Dis à ma mère que je la rejoindrai plus tard.

– C'est que…, reprit la servante, encore essoufflée de sa course à travers le château, madame a précisé « tout de suite ».

D'un seul coup, la fillette perdit sa belle assurance.

– Ah ?… Dans ce cas, je serai chez elle dans moins de cinq minutes. Sois sans crainte. Tu peux t'en retourner.

La domestique sembla alors découvrir la présence de Gaspard. Elle s'approcha de lui et le scruta de la tête aux pieds.

– Qui c'est ? demanda-t-elle, soudain inquiète de voir sa maîtresse en compagnie d'un inconnu qui, de toute évidence, n'appartenait pas au monde de la Cour.

– Gaspard Janvier, mon nouveau valet, affirma Louise-Françoise avec aplomb en entraînant aussitôt Bertille à l'extérieur de la lingerie.

– Votre nouveau valet ? répéta la femme de chambre, ébahie. Quel nouveau valet ? Depuis quand fait-il partie de votre Maison ? On ne l'a…

Gaspard n'entendit pas la suite de la conversation,

qui se perdit dans le dédale des couloirs. Mais il se doutait que la petite duchesse allait inventer un conte bleu[1] suffisamment vraisemblable pour rassurer Bertille.

Quelques instants plus tard, Louise-Françoise était de retour. Seule.

– Je te l'ai dit tout à l'heure. Mon titre de duchesse m'impose certaines contraintes. En voici un parfait exemple. Me voilà dans l'obligation d'obéir... et je t'assure que cela ne m'amuse guère. Accompagne-moi jusqu'aux appartements de ma mère. Mais, cette fois, tu ne pourras ni entrer ni regarder par le trou de la serrure.

– Tu vas être punie à cause du mauvais tour que tu as joué à ton précepteur. J'en ai peur.

– C'est possible... Ne t'inquiète pas, je m'en arrangerai. Allons-y !

En partant bien à regret, Gaspard jeta un regard à la pauvre Antonine qui s'était remise à pleurer. Il se promit de revenir au plus vite.

Les deux complices prirent la direction du cœur du château. Arrivés devant une porte dérobée qui donnait accès au salon de la belle Athénaïs de Montespan, Louise-Françoise se tourna vers Gaspard.

– Maintenant, rentre chez toi, lui dit-elle à voix basse, et retrouvons-nous demain matin dans la cour Royale,

1. Mensonge.

au pied de l'escalier de la Reine. Si les treize pièces d'or et la bague n'ont toujours pas réapparu, nous continuerons à mener l'enquête. Et… bon appétit !

– Merci, miss duchesse. À demain !

Louise-Françoise prit une grande inspiration et entra courageusement chez sa mère.

Puisqu'il n'y avait ni garde ni domestique en vue, Gaspard, curieux et désobéissant comme personne, resta un court moment dans le couloir de service. L'oreille collée à la porte, il réussit à percevoir la conversation…

– Eh bien, ma fille, commença la marquise d'une voix sèche, qu'est-ce que j'apprends ? On me dit que ce tantôt, par votre faute, le cours d'écriture n'a pu avoir lieu ? Sauriez-vous m'en donner la raison ?

– La menace de l'annulation du mariage d'Anne-Marie me chagrinait tant que j'étais impatiente de partir à la recherche du treizain, expliqua Louise-Françoise. Je ne songeais qu'à rendre service et j'implore votre pardon.

– Voilà donc pourquoi vous avez eu l'étrange idée de fâcher votre maître d'écriture ? Il sort d'ici après m'avoir conté de quelle manière vous vous êtes moquée de lui. Ce comportement n'est point digne d'une fille de roi ! Je ne peux vous reprocher d'être fantasque puisque je le suis moi-même. Mais jamais je ne me suis permis une telle impertinence envers mes précepteurs. Par le passé, le sieur Perdrillaux s'est souvent plaint de votre attitude. Pour autant, je ne vous ai guère sermonnée. Sachez que

cette fois-ci est la fois de trop. Vous présenterez des excuses. Et vous serez punie !

Gaspard ne put en entendre davantage. Un peu plus loin, des pas lourds résonnaient sur les tomettes du couloir de service… « Les gardes ! » pensa-t-il. L'effrayante perspective de dormir en prison lui donna des ailes, et il se dépêcha de déguerpir !

Arrivé dans un vaste corridor, un lieu de passage où il pouvait se fondre dans la foule des visiteurs et des courtisans, il s'estima en sécurité et s'arrêta pour réfléchir. Il se demandait si, en guise de punition, sa nouvelle amie allait rester enfermée dans sa chambre jusqu'à nouvel ordre. Dans ce cas, elle ne serait pas au rendez-vous dans la cour Royale le lendemain matin…

Finalement, il choisit de ne pas quitter le château. D'abord, lui, Gaspard Janvier, n'était pas tenu d'obéir aux ordres de Louise-Françoise ! Et puis, il avait une idée en tête : retourner auprès d'Antonine et écouter ce qu'elle voudrait bien lui confier.

Un sourire canaille aux lèvres, et avec une facilité qui aurait prodigieusement agacé Louise-Françoise, il retrouva le chemin des appartements de la nièce de Louis XIV.

En passant dans le couloir, il vit que l'endroit était aussi désert et en désordre qu'une demi-heure auparavant, mais il ne s'attarda pas et fila directement à la lingerie.

« Si ça se trouve, Antonine sait quelque chose à propos du treizain. Je dois en avoir le cœur net ! » songea-t-il.

Hormis une faible rumeur provenant des Grands Appartements et de l'escalier des Princes, le silence était total dans cette partie du château. Cela n'augurait rien de bon. Et si Antonine s'était envolée ?

En effet, comme il le pressentait, la lingère avait disparu.

Déçu, mais très heureux d'être en possession du poulet, il résolut de rentrer chez lui. En cette première journée d'enquête, il avait appris des choses intéressantes. Ses parents seraient ravis ! En attendant le lendemain, et de nouvelles révélations, ils pourraient commencer à écrire leur article à propos du mariage princier.

Soudain, un hurlement fit sursauter Gaspard. Il s'élança aussitôt en direction de la chambre d'Anne-Marie d'où, lui semblait-il, provenait ce cri déchirant.

Dans sa précipitation, il bouscula et renversa un panier d'osier rempli de fines dentelles blanches, fraîchement lavées et repassées. Il trébucha et tomba de tout son long, à plat ventre, en plein milieu de la lingerie... Les pieds empêtrés dans les rubans, il se releva aussi vite que possible et replaça sa besace en bandoulière.

Le temps de sortir de la lingerie, il n'entendit plus que le bruit d'une cavalcade qui s'évanouissait au loin dans le couloir de service.

CHAPITRE 6

L'escalier de la Reine

Gaspard était maintenant pressé de rentrer chez lui.

Il dévala l'escalier des Princes, sortit en trombe et fila en direction de la cour Royale. L'agitation y était grande. Comme chaque jour, à n'importe quelle heure, on jouait des coudes pour pénétrer dans le palais et tenter d'approcher le roi. Ce soir particulièrement ! Le banquet attirait un grand nombre de curieux qui espéraient entrevoir la future mariée.

L'après-midi touchait à sa fin. Un doux soleil avait réchauffé cette belle journée de printemps. Mais à l'heure où il se couchait, illuminant de rose et d'orangé les eaux du Grand Canal, une fraîcheur humide tombait peu à peu sur Versailles.

Le garçon frissonna, remonta le col de son paletot et accéléra le pas.

Une fois dans la foule, il se surprit à ralentir l'allure et à flâner. Ici se croisait tout un peuple de ducs et de barons hautains, et de marquises apeurées à l'idée de poser le pied dans une flaque de boue. Des laquais affairés et des marchands flatteurs évoluaient au milieu de tout ce beau monde. Les carrosses encombraient l'espace. Les cochers rougeauds tentaient de calmer leurs chevaux impatients qui piaffaient et faisaient cliqueter les harnais en remuant la tête.

Ici et là, des groupes se formaient. Des éclats de voix ou de rire ponctuaient les conversations, mêlés aux cris des porteurs de chaise et aux jurons des cochers.

Gaspard adorait cette effervescence. Il savait par expérience qu'il y avait toujours une information à recueillir. Aussi tendait-il l'oreille, à l'affût du moindre détail qui pourrait intéresser *Le Mercure curieux*.

Soudain, derrière lui, il entendit :

– Gaspard ! Gaspard Janvier ! Attends !

Il se retourna, manquant glisser sur un crottin de cheval, et reconnut Bertille qui se frayait un passage pour le rejoindre.

Le garçon ne la vit pas arriver d'un bon œil. Il gardait en mémoire le regard méprisant qu'elle avait posé sur lui, un peu plus tôt, en faisant irruption dans la lingerie.

– Qu'est-ce que tu m'veux ? dit-il d'un ton sec.

– Mademoiselle Louise-Françoise désire te voir,

déclara la femme de chambre, à bout de souffle. Elle a des choses importantes à te dire. Viens, suis-moi !

« Des choses importantes... », pensa Gaspard, perplexe. Était-ce au sujet de leur rendez-vous du lendemain ? En savait-elle davantage à propos des treize pièces d'or ? Avait-elle changé d'avis au sujet du poulet d'Anne-Marie ? Allait-il devoir le remettre à sa place ?

Il aurait volontiers continué à musarder dans la cour Royale, mais ces « choses importantes » l'intriguaient, et il n'hésita pas à suivrc Bertille, visiblement très pressée.

– Dis donc, toi ! lui lança-t-il. Tu marches toujours aussi vite ?

– Non, d'habitude je cours, répliqua l'autre à demi aimable.

Quelques minutes plus tard, Gaspard entrait dans le salon de Louise-Françoise. Il remarqua aussitôt ses yeux rougis et les larmes qui coulaient sur ses jolies joues roses.

– Ta punition est si terrible que ça ? lui demanda-t-il doucement, devinant la cause de sa tristesse.

– Terrible, dis-tu ? C'est bien pire que cela, gémit-elle. À quoi me sert d'être la fille préférée du roi, si l'on me réprimande de la sorte ?

Gaspard fronça les sourcils. De douloureux souvenirs de ses années passées à l'orphelinat lui revenaient soudain à l'esprit.

– Pour l'instant, tu es encore une enfant. Tu dois obéissance et respect à tes parents et à tes précepteurs. Mais, dis-moi, on va te donner le fouet ? Tu vas être enfermée dans ta chambre au pain sec et à l'eau ?

– Non…

– Tu vas quitter la Cour pour entrer au couvent ?

– Encore pire…, persista Louise-Françoise.

– On va t'imposer des corvées ?

– Des corvées, voilà ! C'est exactement cela…

– Lesquelles ? Vas-tu m'expliquer, à la fin ?

La fillette restait silencieuse.

– Je jette ma langue aux chiens, capitula Gaspard, prêt à repartir.

– Ma mère a été dure avec moi. Comme elle ne l'a jamais été… Figure-toi que je dois copier trente fois la phrase : « J'obéirai à mon maître d'écriture et ne me moquerai plus jamais de lui. »

Gaspard éclata de rire. Cela lui paraissait une bien douce sanction en comparaison de celles que lui et ses camarades d'infortune avaient endurées aux Enfants-Trouvés.

– Et c'est pour ça que tu pleures ?

– Évidemment, sanglota Louise-Françoise. Parce que je dois écrire ces lignes de la main droite, et je sais que je n'y arriverai jamais.

– Ah, oui… là, je comprends mieux, la plaignit Gaspard.

Bertille n'avait pas quitté la pièce. Ce prétendu valet, qui sortait de nulle part, ne lui inspirait pas confiance. Pas question de laisser la fille du roi seule avec lui. S'il la menaçait ou bien lui faisait du mal, ou s'il dérobait un objet, elle ne se le pardonnerait pas. De plus, elle serait immédiatement renvoyée, et elle tenait à garder sa place auprès de la petite duchesse.

– Tu sais écrire, toi ? minauda Louise-Françoise en coulant un regard suppliant à Gaspard.

– Bien sûr !

– Enfin… je veux dire… euh… tu sais *bien* écrire ?

– Évidemment ! répondit le garçon, un peu vexé. Tu as déjà oublié ce que je t'ai raconté tout à l'heure ?

– Je m'en souviens très bien. Tes parents t'ont donné une bonne éducation, et tu travailles pour *Le Mercure curieux*. Tu vois, j'ai tout retenu.

Gaspard la fixa quelques instants d'un air soupçonneux.

– Qu'est-ce que tu as derrière la tête, miss duchesse ? dit-il enfin.

– Je… je me…, bredouilla-t-elle. Je me demandais si… si…

– Si je pouvais faire cette punition à ta place, la coupa-t-il. C'est ça ?

– Oui…

Gaspard leva les yeux au ciel.

– Je m'en doutais, dit-il en souriant. Allez, j'accepte ! Donne-moi du papier, je vais l'emporter.

– Oh, merci ! s'écria Louise-Françoise. Je t'assure que tu seras récompensé.

– Tu sais que tu as de la chance d'être tombée sur moi ? déclara-t-il en rangeant les feuilles dans sa besace.

Louise-Françoise fit un signe à Bertille. Celle-ci apporta aussitôt un grand verre de lait d'orgeat, que Gaspard avala d'un trait.

– Mmm… délicieux, dit-il en s'essuyant les lèvres d'un revers de manche.

– Alors, à demain matin ? demanda la fillette.

– Au pied de l'escalier de la Reine, comme convenu.

CHAPITRE 7

Aux frais de la princesse !

Gaspard se dépêcha de traverser le village de Versailles, pressé de rentrer chez lui.

Il regrettait de devoir quitter le château avant le banquet. Pour avoir déjà assisté, de loin, à un tel événement, il savait que le spectacle était extraordinaire. À cette heure, Louis XIV en grand habit ne tarderait pas à faire son entrée, suivi de ses invités ruisselants de bijoux. Des dizaines de plats magnifiques, servis par une multitude de serviteurs, seraient disposés sur les tables, et le repas durerait au moins deux heures.

Deux choses allaient surtout lui manquer : le parfum délicieux des rôtis et des ragoûts, et la musique aérienne jouée par les violons du roi.

« Tant pis, songea-t-il, ce sera pour une autre fois. Si le mariage princier a lieu, la fête sera encore plus fastueuse ! »

Sur son chemin, il s'accorda un léger détour. Curieux de tout, il aimait passer devant le chantier de l'église Notre-Dame, dont la première pierre avait été posée un mois plus tôt. Depuis l'installation de la Cour à Versailles, deux ans auparavant, la ville ne cessait de s'agrandir.

Il faisait nuit lorsque Gaspard poussa enfin la porte de la maison familiale. Dans la salle du rez-de-chaussée, ses parents travaillaient à la lueur des chandelles, penchés sur leurs écritoires. Ils rédigeaient les articles à paraître dans le prochain numéro du *Mercure curieux*.

– Ah ! te voilà, mon cher fils, dit Mary d'une voix enjouée. Viens m'embrasser.

Malgré un fort accent anglais, elle s'exprimait dans un français parfait.

Un grand sourire aux lèvres, le garçon s'approcha de sa mère adoptive. Il aimait de tout son cœur cette femme belle et intelligente, qui l'avait élevé avec tant de bienveillance.

– Qu'as-tu appris au château ? intervint Charles en déposant sa plume sur le bureau. Tu sais que, demain soir au plus tard, nous devons apporter les feuillets chez l'imprimeur. Et l'article sur le mariage princier est capital. Il fera la différence avec les autres journaux, car nous sommes les seuls à détenir des informations à ce sujet. Grâce à cela, nous vendrons plus de *Mercure curieux* qu'à l'accoutumée. C'est important, car nous ne sommes point riches.

– Je connais votre inquiétude, Charles, mais laissez cet enfant tranquille pour l'instant, s'interposa son épouse. Il doit mourir de faim, et l'heure est venue de souper. Nous parlerons du mariage une fois que nous serons attablés.

Il suffisait que Mary pose sur lui son regard pervenche et fronce son petit nez couvert de taches de rousseur pour que Charles oublie ses soucis et retrouve sa bonne humeur. D'ailleurs, il n'avait jamais rien pu lui refuser. Il soupira et se leva en souriant.

Gaspard avait devancé ses parents. Il était déjà dans la cuisine et avait disposé le poulet sur un plat bien au centre de la table.

– Il est entamé, s'excusa-t-il, d'un air à la fois penaud et triomphant, en désignant la volaille.

– Tu ne l'as pas volé, au moins ? s'inquiéta Charles.

– Point du tout ! Il était abandonné sur une table dans l'appartement d'Anne-Marie d'Orléans où je menais l'enquête. Et on m'en a généreusement fait cadeau. Je dois avouer… sur le moment, je n'ai pas résisté à l'envie d'en dévorer une cuisse !

Mary et Charles échangèrent un regard de connivence. Ce gamin était décidément le plus grand débrouillard du royaume !

– S'il en est ainsi, merci, fils. Ta mère et moi n'imaginions pas un tel souper. C'est un festin royal que tu nous as apporté. Ah ah ! nous allons nous régaler. Aux frais de la princesse !

Chacun s'installa à sa place autour de la table, et Charles découpa le poulet. Tout en le dégustant accompagné d'une soupe aux fèves que Mary avait préparée et de larges tranches de pain, Gaspard conta les événements de la journée.

– Très intéressant ! s'exclama Charles. On a maintenant la confirmation que la rumeur disait vrai : le treizain et la bague ont bel et bien disparu... Je suis content de toi, mon grand. Ces informations vont nous permettre de commencer à écrire l'article, n'est-ce pas, ma chère ?

– Oui ! affirma Mary qui réfléchissait déjà à la manière de tourner ses phrases. Et demain, je suis certaine que Gaspard nous rapportera le fin mot de cette histoire de mariage.

Le repas touchait à sa fin. Le père s'empara alors de la carcasse du poulet pour la désosser complètement et, de la pointe de son couteau, récupérer la moindre parcelle de chair.

Soudain, au craquement que firent les os en se rompant, s'ajouta un petit bruit métallique.

Quelque chose venait de s'échapper du ventre de la volaille...

Tous trois se penchèrent pour voir de quoi il s'agissait. Ils restèrent un moment sans voix, cloués par la surprise, en découvrant un anneau d'or dans l'écuelle de Charles.

– C'est toi qui l'as chapardé et caché de cette extravagante façon ? demanda Mary.

– Ah çà, non ! s'exclama Gaspard. Je vous jure que je n'y suis pour rien !

Mary lava délicatement le bijou. De son côté, Charles retourna à son pupitre et revint à la cuisine muni d'une loupe.

Chacun leur tour, ils scrutèrent l'anneau. Il était couvert d'inscriptions en latin…

– Voilà qui ne nous avance guère, regretta Charles.

Gaspard écarquilla les yeux. Une drôle d'idée venait de germer dans son esprit.

– Et si… et si c'était… la bague de mariage d'Anne-Marie d'Orléans ?

– C'est impossible ! s'écria Mary, incrédule. Comment serait-elle arrivée dans le ventre d'une volaille ?

– Voilà un mystère à éclaircir… Demain matin, je montrerai cet anneau à… quelqu'un que je connais bien à la Cour, dit Gaspard en pensant à Louise-Françoise. En attendant, j'ai à faire un travail de copie. Je peux occuper votre bureau, père ?

– Vas-y, mon garçon, je te laisse la place. J'ai tellement écrit aujourd'hui que j'en ai mal à la main et aux yeux. Demain promet d'être une journée chargée, alors je vais aller dormir, décréta Charles.

Gaspard s'installa dans le fauteuil de son père, sortit les feuilles de papier que lui avait confiées la petite duchesse, se saisit d'une plume et se mit à l'ouvrage. La punition, qui aurait demandé un temps infini à Louise-Françoise, ne lui prit qu'une poignée de minutes.

Il fila ensuite se coucher. Mais l'anneau l'intriguait tant qu'il se retourna dans son lit pendant plus d'une heure. Les questions et les suppositions se succédaient dans son esprit et le tenaient éveillé.

« Vivement demain... », pensa-t-il après un long moment, en sombrant enfin dans un profond sommeil.

CHAPITRE 8

À la manière d'un magicien...

Le lendemain, à l'heure prévue, Gaspard se trouvait à l'entrée du vestibule de l'escalier de la Reine. La lumière du matin éclairait la façade « bleu, blanc, rouge[1] » qui entourait la cour Royale et la cour de Marbre. Les rayons du soleil faisaient étinceler les dentelles de plomb doré qui décoraient les lucarnes et le faîte des toitures. Quelques hirondelles affairées à la construction de leurs nids survolaient le château en piaillant de toute la force de leurs petits gosiers. Et comme toujours en ce lieu, l'effervescence était grande.

Dans sa besace, Gaspard gardait précieusement les feuilles qu'il devait remettre à Louise-Françoise. De sa main droite, dans la poche de son paletot, il tournait et

1. Bleu pour les ardoises des toitures, blanc pour les pierres de taille entourant portes et fenêtres, et rouge pour les briques des murs.

retournait l'anneau d'or miraculeusement tombé de la carcasse du poulet.

La duchesse se faisait attendre…

Soudain, il la vit arriver en courant, escortée de sa femme de chambre.

« Aïe ! Impossible de parler de la bague devant Bertille… », pensa Gaspard.

De toute façon, il eut tout juste la possibilité de saluer Louise-Françoise. Énervée et pressée, elle s'était transformée en moulin à paroles.

– As-tu écrit les pages ? Vite, donne-les à Bertille et allons-y ! La Perdrix m'attend. J'ai promis à la marquise de ne plus jamais être en retard. Viens, dépêche-toi, suis-moi !

Gaspard était resté bouche bée devant cet ouragan blond aux yeux bleus. Après tout, le cours d'écriture ne durerait pas très longtemps. Il aurait ensuite tout le loisir de lui conter l'incroyable histoire de l'anneau d'or.

Une fois dans l'aile du Midi, comme la veille, le garçon dut patienter dans le couloir de service devant la porte du salon de Louise-Françoise.

Bertille, ayant reçu des ordres, était partie en direction des cuisines.

Gaspard profita du fait qu'il était seul pour s'agenouiller et regarder par le trou de la serrure ce qui se passait chez la duchesse.

Assuré du soutien de la marquise de Montespan, le

sieur Perdrillaux se tenait devant Louise-Françoise et la toisait.

– Vous êtes-vous acquittée de votre punition, mademoiselle ? demanda-t-il d'un ton solennel, comme si la rotation de la Terre dépendait de la réponse.

Elle lui tendit les feuillets écrits de la main de Gaspard.

De l'autre côté de la porte, le garçon retenait son souffle. Même s'il avait pris soin de ne pas trop s'appliquer, de manière qu'une légère maladresse soit visible, les deux enfants n'avaient pas la même écriture.

Le professeur allait-il découvrir la supercherie ?

Le verdict ne tarda pas à tomber :

– Je vous félicite, mademoiselle, déclara Perdrillaux en écarquillant les yeux, au comble de la surprise. Voilà ce que j'appelle un excellent travail. Et soigné, avec ça ! Je ne vois pas la moindre tache d'encre. Reconnaissez que vous ne m'avez guère habitué à tant d'application. Toutefois, j'observe que les pages sont quelque peu froissées, et par endroits… maculées de graisse. Où diable étiez-vous installée pour écrire ces lignes ?

Gaspard sursauta. La veille au soir, assis au bureau de son père, le garçon avait remarqué les salissures. Mais que faire ? Les feuilles étaient estampillées aux armes de madame de Montespan, il ne pouvait les remplacer par d'autres. Il s'en voulait d'avoir, sans réfléchir, glissé les feuilles dans sa besace, juste à côté du poulet rôti. Le jus de cuisson avait suinté à travers la serviette de table, et gâté le papier. Voilà le détail qui pouvait ruiner toute la mise en scène échafaudée par Louise-Françoise. Certes, il la savait inventive et prompte à réagir, mais monsieur Perdrillaux n'était pas idiot. Comment allait-elle se sortir de cette situation ?

– Une fois mon devoir terminé, déclara la duchesse avec un aplomb déconcertant, je l'ai confié à ma femme de chambre afin qu'elle le range dans le petit secrétaire que vous voyez là. Ensuite, j'ai rejoint madame ma mère. Bertille aura désobéi, et jugé bon d'emporter les feuillets avec elle aux cuisines.

L'expression de la plus pure sincérité qui se dégageait du visage de Louise-Françoise eut apparemment raison des doutes de son maître.

– Fort bien, dit-il tout en supposant qu'on lui dissimulait quelque chose. Passons sur ces taches suspectes et revenons à votre devoir dont la qualité me ravit.

L'homme fit quelques pas dans la pièce, puis ajouta :

– J'avais promis de vous récompenser si votre travail était à la hauteur de mes espérances, et si vous ne m'obligiez pas à subir vos éternels retards. Vous en souvenez-vous ?

– Très bien, monsieur.

– Eh bien, ces deux conditions étant pour une fois réunies, j'ai décidé de vous encourager à continuer dans cette voie.

À la manière d'un magicien, Perdrillaux fit alors apparaître une pièce d'or entre ses doigts ! Elle étincela dans les rayons du soleil qui illuminaient le salon.

D'un geste hésitant, Louise-Françoise s'en saisit. Comme médusée, elle n'était pas capable de dire un mot. Pas même « merci ». Son regard stupéfait allait du professeur à la pièce.

La voyant époustouflée, le sieur Perdrillaux s'empressa de renchérir :

– Je vois que vous avez compris où se situe votre intérêt, mademoiselle, dit-il. Si, pendant notre leçon, vous vous montrez appliquée, je vous en offrirai une deuxième. Vous savez maintenant que je tiens toujours mes promesses. Allons, asseyez-vous, et reprenons les lettres majuscules.

Toujours aussi silencieuse, la duchesse rejoignit son bureau et, sans la moindre hésitation, saisit sa plume de la main droite.

Gaspard se redressa. Ses jambes devenaient douloureuses à force de rester accroupi. De plus, il était inutile de demeurer plus longtemps dans ce couloir sombre et empestant la fumée, alors que Louise-Françoise ne sortirait pas avant une bonne heure.

En attendant, il décida d'aller musarder du côté des appartements d'Anne-Marie. Si on l'interrogeait, comme convenu avec Louise-Françoise, il affirmerait être un valet nouvellement engagé à son service. Personne, alors, ne se méfierait de lui.

Par une porte entrouverte, Gaspard découvrit que la future mariée était chez elle. Étrangement, sa chambre était presque aussi calme que lorsqu'il y était venu avec la petite duchesse.

La veille, Anne-Marie se montrait, paraît-il, enjouée, persuadée que l'on mettrait vite la main sur le treizain égaré. Mais, ce matin, cette belle assurance laissait place à la morosité. Elle avait réuni autour d'elle ses femmes de chambre et leur parlait à voix basse.

Le garçon n'avait que très rarement vu cette princesse, qui résidait le plus souvent au château de Saint-Cloud. C'était une brunette, vêtue et coiffée avec raffinement, mais qu'il trouvait plus élégante que jolie.

Il s'attarda un peu et tendit l'oreille pour l'écouter :

– Je dois vous faire mes adieux, déclara Anne-Marie, car je suis sûre que le treizain sera retrouvé à temps, et que mon mariage sera célébré. Dans le cas contraire, je compte que le roi, mon oncle, saura convaincre l'ambassadeur de Savoie de revenir sur sa décision. Si tout se déroule ainsi, comme je l'espère, je ne reviendrai point en France et, là où je vais, je ne peux emmener aucune de vous.

En tournant son regard vers les domestiques qui versaient quelques larmes, Gaspard remarqua qu'Antonine était absente.

– Je vous demande, continua Anne-Marie, de prendre soin d'Antonine. Elle est la plus jeune, et de loin la plus fragile d'entre vous. Elle était encore une enfant, comme moi, lorsqu'elle est entrée à mon service. Je me suis attachée à vous, qui êtes devenues mes amies au fil des années. Toutefois, je ne m'en suis jamais cachée, Antonine est comme ma petite sœur. J'ai tenté de lui parler tout à l'heure, mais mon départ la rend si malheureuse que je n'ai pas réussi à la consoler. Me promettez-vous de l'entourer de votre affection dès que j'aurai quitté Versailles ?

– Oui, Mademoiselle, dirent en chœur les servantes qui sanglotaient.

Laissant la future duchesse de Savoie à ses adieux, Gaspard se dirigea vers la lingerie, où il interrogea une vieille femme qui s'échinait à repasser un jupon.

– Antonine ? grimaça-t-elle. J'sais point où elle est. Sûrement en bas, dans la cour, à puiser d'l'eau. Va pas tarder à remonter. Qu'est-ce que tu lui veux, à la p'tite ?

– Je l'ai vue malheureuse, hier. J'voudrais l'aider.

– L'a pas besoin d'toi, Antonine ! aboya la lingère.

– J'peux l'attendre ici ? demanda gentiment Gaspard, histoire d'amadouer cette mégère.

– Fiche-lui la paix, t'entends ! Va-t'en d'là, tu m'déranges ! Tu ferais mieux d'retourner à ton ouvrage au lieu d'te mêler des affaires des autres !

Le garçon fronça les sourcils. Pourquoi cette harpie

s'emportait-elle contre lui ? Une fois de plus, il songea que le désespoir d'Antonine cachait quelque chose… et que la commère était peut-être dans la confidence. Comme elle le fixait d'un regard mauvais, il lui tira la langue en haussant les épaules et tourna les talons, bien décidé à rejoindre Antonine dans la cour.

CHAPITRE 9

Une fortune en monnaie d'or

Gaspard ne mit pas longtemps à retrouver le chemin de la cour au-dessus de laquelle Louise-Françoise et lui s'étaient penchés la veille.

De la coursive, il aperçut Antonine assise sur un seau retourné, près du puits. Tout en pleurnichant, elle échangeait quelques mots avec une lavandière.

Vite, il fallait que Gaspard trouve un moyen de descendre jusqu'à elle. Il fit demi-tour mais, au moment où il allait s'engouffrer dans la cage d'un minuscule escalier, Louise-Françoise arriva dans une envolée de soie vert amande. Gaspard devait reconnaître qu'elle avait fière allure dans cette jolie robe. Mais elle avait tant couru que sa fontange s'était effondrée. La moitié de ses cheveux formait une sorte de plumeau sur le dessus de sa tête ; quant à l'autre moitié, elle s'étalait en boucles désordonnées sur ses épaules.

– Qu'est-ce qui se passe, miss duchesse ? Tu t'es battue avec la Perdrix, pour être aussi ébouriffée ? plaisanta le garçon.

– J'ai couru, voilà tout. Peu importe ma coiffure, il y a plus important.

Elle ouvrit lentement son poing droit qu'elle tenait serré.

– Regarde…, souffla-t-elle.

– Deux louis d'or ! s'extasia Gaspard. Perdrillaux a été généreux. Ça prouve qu'il était content de toi.

– Comment sais-tu que c'est la Perdrix qui me les a donnés ?

– Tu oublies que tu m'as autorisé à être aussi curieux que toi…

– Ah ! tu as regardé par le trou de la serrure, s'esclaffa Louise-Françoise. Tu as bien fait. Oui, j'ai été récompensée, et c'est grâce à toi. Merci d'avoir fait la punition à ma place.

Un remerciement de la duchesse ? Presque un compliment ? Gaspard en était tout bouleversé ; il sentit ses joues rosir de plaisir.

La fillette jeta un rapide regard autour d'elle. L'endroit était désert, mais quelqu'un pouvait arriver à tout moment. Aussi entraîna-t-elle Gaspard dans un recoin à l'abri des regards et des oreilles indiscrètes.

– Maintenant, écoute-moi. Tu vois ces…

– Non, c'est toi qui vas m'écouter, la coupa Gaspard. Depuis ce matin j'attends le moment de te révéler ce que j'ai découvert. Voilà…, ajouta-t-il en sortant la bague de sa poche.

– Ça alors ! s'extasia la duchesse. Où l'as-tu dénichée ?

– Tu ne vas pas me croire…, commença le garçon, avant de se lancer dans le récit du souper de la veille au soir.

Elle examina la bague qu'il lui tendait.

– Incroyable…, chuchota-t-elle. Je reconnais ces inscriptions en latin. Sais-tu de quoi il s'agit ?

– J'ai bien une petite idée… mais j'arrive point à y croire, elle est si saugrenue.

Un léger sourire aux lèvres, Louise-Françoise se contenta de lui déposer les deux pièces d'or au creux de la main. Gaspard n'en revenait pas. Cette monnaie lui était inconnue. Devant son air éberlué, elle expliqua :

– Si étonnant que cela puisse paraître, cet anneau d'or est la bague de mariage destinée à Anne-Marie. Reste à savoir comment elle a pu arriver dans les entrailles du poulet… Quant à ces deux pièces, ce ne sont pas des louis d'or, mais des florins savoyards. Ils n'ont pas cours au royaume de France. C'est sûr, ils font partie du treizain disparu !

– Si je compte bien, fit remarquer Gaspard, il manque onze pièces. Comment les retrouver ?

– C'est à la Perdrix qu'il faut poser cette question. S'il m'a récompensée de deux florins, il doit savoir où sont les autres.

– Il ne s'agit pas d'une simple récompense, mais d'une fortune en monnaie d'or !

– Comment imaginer que Perdrillaux, un homme qui donne une image si parfaite de lui-même, soit coupable d'un tel larcin ? murmura Louise-Françoise. C'est incompréhensible ! S'il a volé le treizain, pourquoi a-t-il décidé de m'offrir les pièces les unes après les autres ? Il n'est pas sot, il devait bien se douter qu'il serait vite démasqué.

– Cette histoire est de plus en plus mystérieuse... Que faire ?

– Nous devons rendre visite à ma mère, décida la duchesse. Immédiatement ! Et tout lui raconter.

– Oh, non, pitié ! implora Gaspard. La marquise va croire que j'ai volé la bague et elle me fera jeter en prison...

CHAPITRE 10

Leçon après leçon

Comme il l'avait expliqué à Louise-Françoise, Gaspard n'en était pas à sa première enquête pour renseigner *Le Mercure curieux* sur les potins du château de Versailles.

Parcourir les jardins, se mêler à la foule des badauds dans la cour Royale, se faufiler jusqu'aux Grands Appartements, rôder du côté des cuisines, fureter aux alentours des écuries, voilà ce qui représentait son quotidien.

Dans ces moments-là, il lui était souvent arrivé d'apercevoir, de loin, la somptueuse marquise de Montespan. Mais, en cette fin de matinée, pour la première fois, il se trouvait face à elle. Tout ce qui entourait Athénaïs était magnifique. Les fauteuils tendus de la même soie fleurie que les rideaux. Les tapis flamboyants de couleurs. Les vases de Chine alignés sur les meubles de bois rares. L'éclat des miroirs précieux. Le scintillement de mille bougies disposées sur les lustres de cristal. Et les dorures… Comme dans les appartements du roi, il y en avait partout !

Impressionné, Gaspard n'oublia pourtant pas d'observer la Montespan. Elle était belle. Resplendissante, même ! Et pourtant, elle posait sur lui un regard suspicieux. Un regard perçant, bleu azur, d'une froideur à vous glacer le sang.

Gaspard n'osait pas bouger et écoutait sagement Louise-Françoise expliquer à sa mère la raison de la présence de ce garçon à ses côtés.

– Votre nouveau valet ? Voilà une nouvelle fort intéressante, ma fille. Depuis quand choisissez-vous vos serviteurs sans même m'en parler ? Et sans que j'aie pu donner mon avis ?

Louise-Françoise ne répondit pas. Prise en faute, elle baissa la tête et contempla avec application les arabesques du tapis. Gaspard songea qu'elle y cherchait l'inspiration pour sa prochaine invention.

Soudain, elle releva le menton et se lança dans un discours d'une longueur infinie, qui surprit et amusa tout le monde. Gaspard la reconnaissait bien là !

En conclusion, elle affirma :

– C'est monsieur Perdrillaux qui a volé le treizain !

– Voilà une terrible accusation, mon enfant. Mais je dois avouer que les florins savoyards qu'il vous a remis laissent supposer le pire. Il donne en ce moment même un cours d'orthographe à votre frère, Louis-Auguste. Je vais l'envoyer chercher, et nous aurons ensemble une conversation des plus sérieuses afin d'éclaircir ce mystère.

À peine cinq minutes plus tard, Gaspard vit le sieur Perdrillaux apparaître à la porte du salon de la marquise. Il entra, un demi-sourire aux lèvres, étonné de devoir se présenter aussi subitement chez elle. L'affaire devait être grave pour qu'elle lui impose d'interrompre le cours du jeune duc du Maine.

– Je vous remercie, pour la récompense dont vous avez gratifié ma fille, lui dit la marquise.

L'homme s'inclina respectueusement.

– Le travail de mademoiselle Louise-Françoise étant excellent, je n'ai fait que tenir la promesse que je lui avais faite.

– J'ai toutefois une question à vous poser au sujet de cette « faveur ».

Inquiet, Perdrillaux devint tout pâle. Il ne savait pas encore pourquoi, mais il se sentait menacé. D'autant que, en pénétrant dans la pièce, il avait remarqué la présence de Louise-Françoise.

– Je… je ferai de mon mieux pour y répondre, madame, parvint-il à articuler malgré son trouble. Et cela en toute honnêteté.

– Parfait ! déclara Athénaïs. J'irai donc droit au but.

Elle se leva du large fauteuil où elle était assise et fit quelques pas dans le salon. Elle se frottait nerveusement les mains, ce qui chez elle était le signe d'une colère imminente.

– D'où proviennent les pièces d'or que vous avez offertes à la duchesse, ce matin même ? interrogea-t-elle brutalement.

Gaspard ne perdait pas une miette du spectacle qui se jouait devant lui. Ce que Charles et Mary nommaient « le grand théâtre de la vie, à la cour de Louis XIV », et qu'ils aimaient décrire dans *Le Mercure curieux*.

– Je comprends les interrogations, voire les craintes et les doutes qui vous traversent l'esprit, madame, commença Perdrillaux. Je suis venu vous voir, hier, pour me plaindre de l'attitude de mademoiselle Louise-Françoise à mon égard, et de ses incessants retards. Ne vous ai-je point, alors, demandé la permission de la récompenser si sa conduite s'améliorait ?

– Je m'en souviens, et je vous ai donné mon accord. Cependant, je n'imaginais pas qu'il puisse s'agir de monnaie d'or.

– C'était une ruse ! lança Perdrillaux, un soupçon de fierté dans la voix.

Gaspard, qui se tenait en retrait, dans un angle du salon, sentit que le professeur était soulagé de pouvoir s'expliquer.

– Une ruse ? répéta la marquise en fronçant les sourcils. J'attends vos explications.

– Rassurez-vous, madame. Mes intentions sont nobles, et je vais vous les exposer.

Conscient que l'enjeu était de taille, Perdrillaux rassembla ses forces et son courage, afin de se montrer le plus convaincant possible.

– J'exerce le métier de précepteur depuis de longues années, une vingtaine environ. Avant de me confier l'éducation de vos enfants, vous avez pu consulter les lettres de recommandation qui m'ont été remises chaque fois que je quittais une place. Je connais les enfants, j'évalue leur vivacité, leurs talents, mais aussi les difficultés qu'ils rencontrent, et parfois l'entêtement ou la mauvaise volonté dont ils font preuve. En ce qui concerne mademoiselle votre fille, je dirais qu'elle est dotée de nombreuses qualités : un esprit fin, un charme incontestable, une belle ténacité, un caractère mutin, et beaucoup de dignité. Toutefois, elle est si fière de son rang de duchesse qu'elle a tendance à vouloir dominer ceux qui l'entourent, dont je fais partie.

De l'endroit où il se tenait, Gaspard écoutait sans broncher. Un discret sourire en coin égaya son visage. Il ne pouvait que confirmer les dires de Perdrillaux… À lui aussi, Louise-Françoise donnait des ordres.

– J'ignore où vous voulez en venir, s'impatienta madame de Montespan. Et vous ne répondez pas à la question que je vous ai posée. Il se trouve que les pièces que vous avez offertes à ma fille appartiennent au treizain destiné à Anne-Marie d'Orléans. Or celui-ci a disparu et cette disparition compromet le mariage ! Alors, finissons-en ! Avez-vous, oui ou non, dérobé ce treizain ?

– Mais non, madame ! J'ignorais tout de cette disparition, c'est vous qui me l'apprenez ! Si j'ai mis la main dessus, c'est par le plus grand des hasards ! Je vais vous éclairer… Comme vous le savez, jusqu'à aujourd'hui, Louise-Françoise était toujours en retard à ses leçons d'écriture. À chaque cours, je devais patienter une bonne vingtaine de minutes avant qu'elle ne daigne se présenter. Je vous l'ai dit, cela me fâchait. Or, hier, en l'attendant, je faisais les cent pas dans le salon quand j'ai remarqué que le boîtier de la pendule était mal fermé. J'ai toujours été curieux de ces mécanismes d'horlogerie, précis et fragiles, alors j'ai regardé à l'intérieur. À ma grande surprise, des pièces d'or se trouvaient là, bien rangées en trois petites piles. J'ai souri en me disant que la duchesse avait trouvé un endroit fort original pour dissimuler ses économies. C'est juste après que j'ai reconnu des florins savoyards.

– Et cela vous a paru normal ? demanda la marquise.

– Au château, le bruit a couru que, en arrivant pour les festivités du mariage, l'ambassadeur du duc de Savoie avait offert des présents à tous les membres de la famille royale. J'ai naturellement imaginé que Louise-Françoise avait reçu en cadeau des florins d'or, et que, pour les protéger, elle les avait cachés dans la pendule de son salon.

Interloqué, Gaspard regarda Louise-Françoise.

Les yeux écarquillés et les joues rouges de colère, la fillette était sur le point de prendre la parole pour se justifier, mais la marquise ne lui en laissa pas le temps.

– Quelle est cette ruse dont vous parlez, monsieur ?

– Je me suis permis de prendre les pièces avec la ferme intention de les utiliser pour récompenser la duchesse à chaque cours. Je comptais que, dès le premier florin récupéré, elle comprendrait que son secret avait été découvert. À partir de là, il me semblait logique que, leçon après leçon, elle n'aurait qu'un but : reconstituer son trésor. Pour cela, il lui suffisait d'arriver à l'heure et de s'appliquer dans son travail.

– Où se trouvent les onze autres florins savoyards ?

– Ils sont là, madame, répondit le précepteur en fouillant dans la poche intérieure de son habit.

Il les déposa dans les mains délicates de la marquise, avant de poursuivre :

– Vous avez ma parole, je ne savais rien des menaces qui pesaient sur le mariage d'Anne-Marie d'Orléans. J'ai cru bien faire, et me voilà épouvanté à l'idée que le roi puisse m'accuser d'un vol que je n'ai point commis.

– Je vous crois, monsieur. Votre récit m'a persuadée de votre innocence. Et je vous assure de ma protection, si l'on venait à vous suspecter.

La Montespan braqua alors son regard bleu glacier sur Louise-Françoise.

– Serait-ce vous, ma fille, qui avez détroussé votre cousine Anne-Marie, en vous appropriant le treizain ?

Les joues de Louise-Françoise, d'abord écarlates, devinrent livides. Elle vacilla comme si ses jambes ne la portaient plus. Durant un instant, Gaspard crut qu'elle allait s'évanouir.

– Ma mère, pensez-vous que je serais venue aussi spontanément vous parler de ces pièces d'or, si je les avais volées ? se défendit-elle, d'une voix aussi blanche que ses joues.

CHAPITRE 11

Un p'tit gars du peuple

À peine sortie du salon de la Montespan, la petite duchesse fondit en larmes.

– Comment ma mère peut-elle me soupçonner et me punir aussi cruellement ? gémit-elle. Pourquoi me tourmente-t-elle à ce point ? Tu l'as entendue comme moi, elle prétend que je mens pour faire accuser la Perdrix à ma place. Maintenant, je dois rentrer chez moi et y rester enfermée jusqu'à nouvel ordre. Sans voir personne d'autre que Bertille. Je ne peux même pas poursuivre l'enquête avec toi…

Gaspard essaya de la réconforter :

– Ne t'inquiète pas, miss duchesse, je te sortirai vite de ce mauvais pas. C'est vrai, je vais devoir continuer sans toi. Mais je fais la promesse de te tenir au courant dès que j'aurai du nouveau. Crois-moi, tu seras bientôt innocentée.

– On a eu bien raison de se taire au sujet de la bague, tu ne crois pas ? dit Louise-Françoise d'une toute petite voix.

– Ah çà, oui ! L'accusation qui pèse sur toi est assez lourde comme ça. Tu imagines, si madame la marquise m'avait fait emprisonner pour le vol de l'anneau ? Impossible pour nous deux de rechercher le ou les coupables, et de faire éclater la vérité. On s'en sort plutôt bien...

« Surtout moi », pensa Gaspard, certain que la punition d'une fille de roi ne pouvait durer bien longtemps. Alors que lui, un p'tit gars du peuple, resterait en prison durant de longues années et serait sans doute envoyé aux galères. Rien qu'à cette idée, il frissonna.

Gaspard abandonna Louise-Françoise à son triste sort, devant la porte de ses appartements.

De nouveau, les mauvais souvenirs des années passées aux Enfants-Trouvés lui revenaient en mémoire.

– Je déteste l'injustice ! murmura-t-il pour lui-même.

Il se dirigea ensuite vers la lingerie, où il espérait trouver Antonine.

Une fois de plus, il songea qu'elle avait quelque chose à cacher. Il n'en avait aucune certitude mais il le pressentait, et son instinct le trompait rarement. Mary et Charles lui disaient souvent : « Tu as du flair, mon garçon ! » Cette comparaison avec un chien de chasse le faisait toujours rire, mais il devait reconnaître que ce « flair » l'avait souvent aidé dans ses enquêtes. Et pour celle-ci, il n'en démordait pas, il voulait parler à Antonine !

Hélas ! elle n'était ni chez Anne-Marie, où une certaine agitation régnait de nouveau, ni dans la lingerie, où la mégère repassait encore. Elle ne se trouvait pas non plus dans la cour. Mais, de la coursive, Gaspard aperçut la lavandière avec qui Antonine discutait un peu plus tôt. Il décida de descendre lui parler. En empruntant le petit escalier qu'il avait repéré le matin, il tomba sur la lingère en train d'avaler une soupe, assise sur les marches, en pleurant dans son écuelle.

– Te voilà enfin ! claironna-t-il.

– J'te connais point, et j'ai rien à te dire, soupira l'autre.

– C'est tout l'contraire, ma jolie. Quand on t'a retrouvée, hier, terrée au fin fond de la lingerie, t'étais prête à nous en dire, des choses. Alors j'suis revenu pour t'entendre.

Gaspard se posa sur la marche à côté d'elle.

– Paraît qu'on parle pas la bouche pleine, ajouta-t-il en lui enlevant l'écuelle des mains. Maintenant, je t'écoute !

Les larmes d'Antonine redoublèrent.

– Pourquoi tu pleures ? Tu vas me le dire, à la fin ? Je ne te lâcherai pas tant que tu ne m'auras pas expliqué.

– Anne-Marie d'Orléans va se marier et partir en Savoie. Je ne la reverrai jamais… Elle peut rien conserver de sa vie en France. Pas même son chien. C'est la coutume qui veut ça. Pourtant, nous sommes comme deux sœurs. J'suis très attachée à elle, et elle à moi. J'avais huit ans quand j'suis entrée à son service, il y a cinq ans.

– Donc, si je sais compter, tu as treize ans, plaisanta Gaspard.

Antonine haussa les épaules.

– Tu m'fais pas rire. J'suis malheureuse.

– T'es bien naïve pour une fille de treize ans qui vient d'en passer cinq à Versailles ! se moqua Gaspard. Tu penses que les princesses et les duchesses considèrent les domestiques comme des membres de leur famille ? Si tu crois qu'elles pleurent en les quittant pour aller se marier dans des pays lointains, tu te fais des idées. Je suis d'accord, elles doivent bien avoir un petit pincement au cœur, mais rien de plus. Au fond, elles se moquent pas mal de nous, les serviteurs. Nous ne sommes que des moucherons qui passent devant leurs yeux. Rien de plus.

– Tu dis n'importe quoi ! cria Antonine. C'est peut-être valable pour les autres, mais pas pour Anne-Marie. Elle me l'a dit. Elle est sincèrement triste à l'idée d'me quitter.

Gaspard fronça les sourcils. Il reconnaissait le son de cette voix soudain criarde.

– Ça y est, j'ai trouvé ! L'espèce de hurlement, hier, dans le couloir de service, c'était toi, pas vrai ?

– Oui…

– Pourquoi t'as crié comme ça ? Et pourquoi tu t'es sauvée ?

– C'est à cause… du poulet, avoua la lingère.

– Quel poulet ?

– Hier, le roi a fait porter une belle collation à Anne-Marie, expliqua Antonine. Mais à cause de cette histoire de mariage, elle avait point d'appétit et n'a touché à rien. Quel gâchis, quand même ! Tu ne trouves pas ?

Gaspard était bien d'accord. Quel dommage de laisser se perdre une si belle volaille !

– Alors, poursuivit la lingère, dans l'après-midi, après ton passage dans la lingerie, je me suis endormie assise par terre. Oh, pas très longtemps, une petite demi-heure ; j'étais épuisée d'avoir pleuré… Quand je me suis réveillée, je suis descendue dans la cour pour boire de l'eau. En remontant, j'ai voulu récupérer le poulet dans la garde-robe, mais il avait disparu… Il était dodu et doré, tout frais rôti. Je comptais m'en régaler. Cela m'aurait un peu consolée de ce chagrin.

Gêné, le garçon toussota. Ce n'était pas Anne-Marie qu'il avait privée de son repas, mais la pauvre Antonine.

À cet instant, il pensait en avoir fini avec elle. Au fond, ce que cachaient ses larmes, ce n'était qu'une grande détresse et un peu de gourmandise. Il n'y avait apparemment aucun rapport ni avec les pièces d'or ni avec la bague.

Gaspard était dépité. La piste « Antonine » lui paraissait pourtant solide, mais cette fois, son flair légendaire lui avait joué un sale tour. Maintenant, il lui fallait annoncer la nouvelle à Louise-Françoise et reprendre l'enquête à zéro…

Il était sur le point de s'en aller quand Antonine le retint par la manche de son paletot.

– Tu t'en vas déjà ?

– Euh… oui, balbutia le garçon, pressé de repartir à la chasse aux indices.

– T'es pourtant venu pour m'entendre ! Alors, reste ici. J'ai point terminé.

Gaspard l'écouta avec attention. Mais elle avait à peine achevé sa deuxième phrase qu'il sursauta et l'interrompit. Il venait de faire le lien entre Perdrillaux, le treizain, Antonine, le poulet et la bague.

– Inutile d'en dire davantage, j'ai tout compris ! triompha-t-il. Viens avec moi. On va aller raconter tout ça à la marquise de Montespan.

CHAPITRE 12

J'en parlerai au roi !

Gaspard entraîna Antonine dans les couloirs qu'il connaissait maintenant par cœur, jusqu'à l'appartement de Louise-Françoise.

Désormais, le seul moyen de communiquer avec la duchesse était de lui parler à travers la porte de service. En quelques mots, le garçon lui expliqua l'importance et l'urgence d'être reçu par sa mère. Mais, sans son aide, un valet inconnu au château et une lingère en larmes n'avaient aucune chance. Louise-Françoise dut alors convaincre Bertille de jouer les intermédiaires afin d'obtenir une audience. La femme de chambre avait peur, elle hésitait, se faisait prier, posait ses conditions, et le temps passait…

Gaspard sentait qu'Antonine s'impatientait. Il craignait qu'elle ne s'enfuie. Une fois évaporée dans la nature, on ne la retrouverait probablement jamais. Il fallait faire vite, tant qu'elle était disposée à confirmer ce que Gaspard avait compris de cette incroyable affaire.

Après une attente qui leur parut durer un siècle, la porte du salon de la Montespan s'ouvrit enfin devant Gaspard, Antonine et Louise-Françoise, autorisée pour l'occasion à sortir de sa chambre.

Le garçon tourna la tête vers les fenêtres. En quelques heures, le ciel limpide de la matinée s'était couvert de lourds nuages. Il ne fut donc pas étonné de voir que le cristal des lustres scintillait à la lueur d'une infinité de chandelles. À la Cour, personne n'ignorait qu'Athénaïs aimait par-dessus tout la clarté. Chez elle, les bougies brûlaient en permanence, même la nuit, car elle avait peur du noir, et parfois même l'été quand le soleil brillait.

Lorsqu'ils entrèrent dans cette belle lumière, la marquise terminait son dîner[1] par un copieux dessert. Il y avait là des soucoupes remplies de fruits confits, de massepains et de dragées, une pyramide de macarons, une assiette de choux à la crème, une coupe de crème à la pistache et, encore plein d'autres gourmandises fort appétissantes.

Cette abondance de sucreries ne semblait pas émouvoir Antonine. Elle vivait au palais et, chaque jour, elle voyait passer sous ses yeux une profusion de mets

1. Au XVIIe siècle, les repas ne portaient pas le même nom qu'aujourd'hui : le déjeuner était le repas du matin, le dîner, le repas du midi et le souper, le repas du soir.

délicieux. Gaspard se demanda si la marquise allait vraiment avaler tout ça... Il jeta un regard à Louise-Françoise. Elle aussi devait se régaler de mille douceurs dont lui, Gaspard Janvier, ne connaissait ni le nom ni le goût.

La Montespan croqua dans un sablé au chocolat et s'adressa à sa fille :

– J'espère, mademoiselle, que vous ne me dérangez pas pour une broutille. Quelle est donc cette affaire si pressante dont vous souhaitez m'entretenir ?

Gaspard n'était pas autorisé à prendre la parole sans être invité à le faire, mais comme il n'avait rien révélé à la duchesse, il se demandait ce qu'elle allait bien pouvoir répondre...

Comme toujours, elle se sortit à merveille de cette situation. À partir des quelques mots que Gaspard lui avait soufflés à travers la porte, elle imagina une parfaite entrée en matière pour amener l'aventure d'Antonine. Seul Gaspard connaissait le fin mot de l'histoire. Louise-Françoise allait le découvrir en même temps que sa mère.

– Je vous écoute, dit la marquise en fixant Antonine.

Tremblante et comme paralysée, la jeune fille était incapable de parler. Elle lança un regard désespéré à Gaspard et tendit la main vers lui.

D'un signe de tête, Athénaïs de Montespan fit comprendre à Gaspard qu'il pouvait s'avancer jusqu'à elle et prendre la parole.

Le jeune garçon commença par décrire le désespoir

de la lingère à cause du départ d'Anne-Marie pour la Savoie.

La marquise soupira d'ennui, scruta Antonine de la tête aux pieds, puis, en guise de consolation, elle enfourna dans sa bouche un chou à la crème tout entier.

– Vous êtes venus troubler mon repas pour cette seule raison ?

Gaspard poursuivit :

– Antonine n'est qu'une pauvre lingère, sans instruction mais sans méchanceté aucune. Elle n'a pas mesuré la gravité de ses actes.

– Si je comprends bien, dit la marquise avec lassitude, cette fille réclame ma protection. Allons, qu'on en finisse. De quoi s'accuse-t-elle ?

– Du vol du treizain, madame, annonça Gaspard.

Devant l'air éberlué de sa mère, Louise-Françoise crut bon d'ajouter :

– Et de la bague de mariage.

– Est-ce la vérité ? demanda la Montespan en s'adressant directement à Antonine.

– Oui, madame, avoua la lingère.

– Où est la bague ?

– Ici ! dit Gaspard, en sortant l'anneau d'or de sa poche.

Il alla aussitôt le déposer au creux de la jolie main que lui tendait la marquise très en colère.

– À vous trois, vous faites une belle association de malfaiteurs ! explosa-t-elle. Je ne vous aurais pas crue capable de prendre part à ce genre de manigance, ma fille. Vous me décevez au plus haut point ! J'attends des explications !

– Sans imaginer les graves conséquences que son geste pouvait avoir, intervint Gaspard, Antonine a voulu empêcher le départ de Versailles d'Anne-Marie. Voilà pourquoi elle a dérobé le treizain. Elle supposait que l'ambassadeur du duc de Savoie serait fou de rage et annulerait le mariage. Ensuite, elle a cherché de quelle manière dissimuler ce trésor bien encombrant. Si elle l'avait caché dans les appartements d'Anne-Marie, il aurait été aussitôt retrouvé. Antonine savait que le moindre recoin serait fouillé. Il lui fallait dénicher un endroit sûr, et c'est à ce moment-là qu'elle a pensé aux appartements de Louise-Françoise.

– Quitte à me faire injustement accuser ! grinça la petite duchesse.

– J'vous demande bien pardon, mademoiselle…, sanglota la lingère.

– La suite ! s'emporta la marquise.

– Hier matin de très bonne heure, poursuivit Gaspard, alors que Louise-Françoise était encore endormie, Antonine s'est faufilée chez elle. Elle est entrée dans le salon à l'instant où la pendule sonnait. C'est cela qui a attiré son attention. Elle a ouvert le boîtier, et elle y a simplement empilé les pièces d'or, car la cachette était trop étroite pour y caser le coffret. Mais il lui restait la bague !

– Qu'en as-tu fait ? demanda madame de Montespan en braquant un regard méprisant sur Antonine.

Gaspard laissa répondre la jeune fille.

– J'ai pensé la laisser là, avec les pièces, mais la place manquait. J'avais déjà eu du mal à placer les florins dans le boîtier. Et puis, j'devais faire vite, quelqu'un pouvait me surprendre. Alors, j'ai enfoui la bague dans mon corsage.

Antonine se remit à pleurer, au point qu'elle ne pouvait plus parler. Gaspard fut obligé de continuer le récit à sa place :

– Le travail est rude dans une lingerie, madame. Les femmes s'activent sans se ménager. Elles repassent et plient des draps, il leur faut se baisser pour ramasser du linge empilé sur le sol, saisir les anses des paniers pleins de linge sale. Antonine avait peur que l'anneau s'échappe de sa chemise et tombe par terre devant les autres lingères. Elle devait absolument trouver une cachette plus sûre. Alors, ce poulet rôti et bien appétissant, qu'elle avait vu dans la garde-robe d'Anne-Marie, l'a fait réfléchir.

La marquise fronça les sourcils. Elle semblait ne plus rien comprendre.

– Quel poulet ? dit-elle, répétant sans le savoir les mêmes mots que Gaspard un instant plus tôt.

Le garçon se contenta de raconter ce qu'Antonine lui avait confié à propos de la volaille.

– Elle pensait que personne ne trouverait la bague si elle l'enfouissait dans la carcasse, expliqua-t-il. C'est ce qu'elle a fait. Mais plus les minutes passaient et plus Antonine était rongée par le remords. Alors, elle s'est précipitée pour récupérer les pièces d'or et la bague, avec la ferme intention de replacer le coffret dans la chambre d'Anne-Marie d'Orléans. Mais, hélas ! tout avait disparu : les florins, le poulet et la bague avec lui !

– Tu es une voleuse, et tu seras punie pour ça ! s'emporta la Montespan. J'en parlerai au roi ! Ton plan était diabolique, tu dois être folle pour avoir imaginé qu'il pouvait fonctionner. Tu finiras enfermée à la Salpêtrière avec les aliénées ! J'y veillerai ! Mais… j'y pense… si le poulet s'est volatilisé, par quel miracle la bague a-t-elle été retrouvée ?

Le moment que redoutait Gaspard était arrivé… La marquise croirait-elle que Louise-Françoise lui avait offert ce poulet ? Allait-elle le menacer comme elle venait de le faire pour Antonine ?

Le garçon interrogea Louise-Françoise du regard. Il lui semblait que c'était à elle de s'exprimer pour l'innocenter.

CHAPITRE 13

Des torrents de larmes

Un peu déstabilisée par cette affaire, Louise-Françoise n'eut pourtant aucun mal à trouver les mots qui persuadèrent sa mère de l'honnêteté de Gaspard.

Mais le cas d'Antonine était plus difficile à défendre.

Quand Gaspard avait entendu la marquise évoquer la Salpêtrière, son sang n'avait fait qu'un tour. Il avait vécu sa plus tendre enfance dans un orphelinat qui ressemblait trop à une prison pour rester indifférent au sort de la lingère.

Louise-Françoise allait-elle la défendre avec autant de conviction qu'elle venait de le faire pour lui-même ?

Au fond, Gaspard comprenait qu'elle soit un peu perdue. D'une part, elle recevait l'éducation d'une princesse, il était donc logique pour elle que les voleurs soient jetés au cachot. Elle en avait d'ailleurs menacé Gaspard, la veille, au moment de leur rencontre. Mais, d'autre part, sa sensibilité de fillette percevait qu'Antonine avait agi par affection pour Anne-Marie.

– Ma mère, déclara-t-elle, cette pauvre fille n'a fait que suivre l'élan de son cœur. Rendez-vous compte ! Anne-Marie est une sœur pour elle. Imaginer ne jamais la revoir est un déchirement, une cruelle souffrance qui peut conduire à des erreurs.

– Louise-Françoise, mesurez-vous les conséquences de ses actes ? L'annulation du mariage pouvait causer de sérieux problèmes diplomatiques entre la France et la Savoie. Sans parler de la punition réservée aux voleuses.

– Antonine vous l'a dit : sur le moment, au comble du chagrin, elle n'a pas imaginé la portée de ses actes, mais elle a presque aussitôt changé d'avis. Ensuite, malheureusement, il lui a été impossible de rattraper sa faute.

– J'ai tellement de remords, sanglota la lingère.

– Maintenant tout est arrangé, insista la petite duchesse. Le treizain et la bague sont en votre possession, ma mère. Il suffirait d'inventer un petit conte bleu, bien tourné, pour expliquer sa disparition puis sa réapparition. Et tout resterait secret. Nous ne serions que quatre dans la confidence… Ce serait si simple.

Gaspard esquissa un sourire. Pour inventer des histoires, il faisait confiance à Louise-Françoise !

– Oh ! je vous en supplie, ma chère maman,

montrez-nous à quel point vous êtes sensible et charitable. Songez que la tendresse n'est point une faute. C'est au contraire la plus belle des qualités, et la plus émouvante des excuses.

Gaspard avait envie d'applaudir cette plaidoirie improvisée mais si spontanée et sincère.

De son côté, Antonine versait de nouveau des torrents de larmes.

Le silence se fit.

La Montespan était pensive.

À voir son visage fermé, Gaspard ne croyait pas un instant à son pardon. Au contraire, il s'attendait au pire.

– Je verrai, déclara la marquise au bout d'un moment qui parut une éternité aux enfants.

– Ah non ! explosa la fillette. Vous n'allez point imiter la manière qu'a le roi mon père de répondre « je verrai » aux courtisans qui le sollicitent pour obtenir une faveur ! Cela équivaut à un refus, je le sais bien.

L'air incrédule, madame de Montespan haussa les sourcils et fixa sa fille. Jamais elle ne l'avait vue s'emporter de la sorte.

Louise-Françoise baissa aussitôt la tête. Animée par sa volonté de sauver Antonine d'un affreux châtiment, elle avait peut-être offensé sa mère en exprimant des propos trop vifs.

– Où se trouve le coffret vide ? demanda Athénaïs en se tournant vers la lingère.

– Dans une remise, enfoui au fond d'un grand panier plein de draps sales qu'on ne lavera pas avant le début de l'été. Personne ne viendra fouiller là-dedans.

– Apporte-le-moi ce soir, quand je serais revenue de mon souper avec le roi.

– Oui, madame.

– Je t'attendrai ici même, à minuit, décréta la marquise. Il suffira de replacer les florins et la bague dans l'écrin. Ensuite, tu déposeras le coffret dans…

Elle se tut un instant et reprit :

– Je te dirai où précisément tout à l'heure, lorsque nous nous retrouverons. Je dois encore y réfléchir. Mais après cela… que je n'entende plus jamais parler de cette histoire !

Ainsi, le mystère était éclairci, les treize pièces d'or et la bague allaient être rendues à Anne-Marie d'Orléans, le mariage serait célébré à la date prévue, et Antonine était sauvée. Gaspard aurait volontiers applaudi encore une fois Louise-Françoise, bondi de joie et embrassé la Montespan, mais il se contenta de sourire intérieurement. Sa mission était un succès, et l'article du *Mercure curieux* promettait d'être exceptionnel. Il était heureux !

En sortant des appartements de sa mère, la petite duchesse lui demanda :

– Que vas-tu écrire dans ton journal ?

– Ce sont mes parents qui rédigent les articles du *Mercure curieux*. Pas moi !

– Alors, que vas-tu leur raconter ? Si tu dis la vérité, tu condamnes Antonine que nous avons eu tant de mal à défendre.

– Ne t'inquiète pas, miss duchesse. Je prendrai modèle sur toi et je transformerai *un peu* la réalité. Oh ! ce ne sera qu'un tout petit mensonge, juste ce qu'il faut pour préserver Antonine.

– Un conte bleu à servir également au roi, à l'ambassadeur de Savoie et à la Cour, renchérit Louise-Françoise.

Gaspard éclata de rire.

– Et aux lecteurs du *Mercure curieux* !

CHAPITRE 14

À vos ordres, mademoiselle de Nantes !

Trois semaines plus tard, le 1er mai 1684, on pouvait lire, dans le nouveau numéro du *Mercure curieux* tout juste sorti des presses :

Mariage de Mademoiselle

Pour mémoire, le 27 janvier dernier, l'ambassadeur de Savoie arrivait à Versailles pour demander à Louis XIV la main de Mademoiselle, sa nièce, la princesse Anne-Marie d'Orléans.

Sa Majesté et Monsieur, le père de la princesse, eurent un entretien avec l'ambassadeur. Mademoiselle fut ensuite invitée à les rejoindre. Le roi lui expliqua que ni lui ni Monsieur ne pouvaient consentir à ce mariage sans son accord.

Mademoiselle accepta. Mais, à l'idée de quitter pour toujours sa famille, Versailles et le royaume de France, elle pleura. Ses larmes n'avaient ému personne, car il en va ainsi depuis toujours : que cela leur plaise ou non, les princesses de la famille royale, que l'on nomme les « Filles de France », sont destinées à se marier avec des princes de pays étrangers.

La date du 10 avril fut retenue.

La célébration, que Le Mercure curieux *va maintenant vous conter pour votre plus grand plaisir, eut donc lieu le jour prévu, dans la pure tradition des mariages princiers.*

Le dimanche 9 avril, le duc du Maine, mari par procuration, et Anne-Marie, se présentèrent dans le salon du Roi pour la signature du contrat de mariage. La robe couleur aurore de la fiancée était couverte d'une incroyable quantité de perles fines, de rubis et de diamants. Le jeune duc, quant à lui, avait revêtu un habit blanc avec des broderies d'or et des boutons de diamant. Ils étaient entourés de toute la famille royale et d'une foule de courtisans.

Après la signature, on procéda à la cérémonie des fiançailles. Ensuite, tous se rendirent dans la Galerie des Glaces et les salons des Grands Appartements illuminés, où des buffets avaient été dressés, chargés de mets délicieux et de boissons raffinées.

Le lendemain, à onze heures trente, le duc du Maine, dans un habit de velours noir brodé d'or, rejoignit Anne-Marie pour la conduire à la Chapelle royale. Elle était vêtue d'une somptueuse robe de brocart d'argent recouvert de dentelle d'or, toute parsemée de perles. Les diamants étincelaient dans sa coiffure à la Fontanges et sur son collier. Pour se rendre à la Chapelle royale, ils descendirent le Grand Escalier. En bas, les Gardes suisses formaient une haie d'honneur.

Le Mercure curieux *ne pouvait que remarquer la beauté et la magnificence des toilettes que portaient les dames, en particulier Louise-Françoise de Bourbon. Elle avait revêtu une robe lilas et argent décorée de dentelles et de rubans piqués de diamants.*

La cérémonie du mariage dura longtemps. Une fois qu'elle fut terminée, Anne-Marie se rendit chez Monsieur, son père. Ils dînèrent ensemble et se firent leurs adieux. Enfin, la jeune mariée revêtit une tenue de voyage et s'engouffra dans le carrosse qui allait l'emporter vers son mari et le pays sur lequel elle s'apprêtait à régner.

MAIS… Le Mercure curieux *ne peut vous cacher plus longtemps que, durant deux jours, Versailles a retenu son souffle. En effet, les treize pièces d'or qui composaient le treizain offert par le duc de Savoie, ainsi que la bague de mariage avaient disparu. L'ambassadeur refusait catégoriquement de signer le contrat de mariage tant que ce trésor n'avait pas réapparu, et menaçait même d'annuler cette alliance. L'affaire était de la plus haute importance et embarrassait fort le roi, qui en avait perdu l'appétit.*

Heureusement, au soir du 7 avril, le treizain a été miraculeusement retrouvé. Dans un endroit insolite, certes, mais intact ! Selon les informations que Le Mercure curieux *a pu obtenir au château, voici comment les faits se sont déroulés…*

Une certaine Antonine Duchemin travaillait à la lingerie, quand soudain le feu prit à cause d'une braise tombée dans un panier de chemises. Elles s'enflammèrent aussitôt, mettant en danger la princesse Anne-Marie d'Orléans présente à cet instant dans la pièce voisine. Au risque d'être gravement brûlée, la lingère s'empara du panier en flammes pour l'éloigner des piles de linge qui, à leur tour, commençaient à s'embraser. Antonine Duchemin donna l'alerte, et, n'écoutant que son courage, elle jeta les premiers seaux d'eau sur le brasier. Sans son intervention, c'est toute l'aile du Midi qui aurait pu brûler, et peut-être le château entier.

L'incendie fut maîtrisé en quelques minutes. Bientôt, il ne resta plus que des cendres mouillées que la lingère ramassa soigneusement. De son père fermier, Antonine Duchemin avait appris que les cendres constituent un excellent engrais pour les arbres fruitiers. Aussi décida-t-elle de les porter au potager du Roi, pour les disperser au pied des figuiers. Un hommage à Anne-Marie d'Orléans dont les figues ont toujours été les fruits préférés. C'est là… entre deux arbres, à même la terre, qu'elle aperçut un objet insolite. Elle avait du mal à distinguer de quoi il s'agissait car le jour déclinait. Elle s'approcha et découvrit un coffret qui n'était autre que celui contenant le treizain et la bague.

Sa Majesté et l'ambassadeur de Savoie furent aussitôt informés de l'événement. Rassuré, l'ambassadeur accepta que les fiançailles aient lieu le surlendemain, 9 avril, veille du mariage.

Personne à la Cour, pas plus que Le Mercure curieux, *ne peut expliquer comment et pourquoi ce trésor s'est retrouvé là. Vengeance ? Complot politique ? Pure jalousie ? Simple malveillance ? Qui avait intérêt à faire échouer ce mariage ? Le saura-t-on un jour ?...*

Très reconnaissants à Antonine Duchemin qui avait sauvé la vie et le mariage d'Anne-Marie d'Orléans, le roi et Monsieur lui promirent une jolie récompense !

On sait maintenant, de source sûre, qu'Antonine Duchemin a été autorisée à suivre sa maîtresse jusqu'en Savoie, et à rester auprès d'elle.

Le 2 mai, lendemain de la parution du *Mercure curieux* d'avril 1684, Gaspard retrouva Louise-Françoise parmi les arbres du parterre de l'Orangerie, et lui fit découvrir l'article. Quand elle eut fini la lecture, il demanda :

– Alors, miss duchesse, qu'en penses-tu ?

– Je suis fière de toi !

– Merci !

– Tu sais pourquoi ? l'interrogea-t-elle dans un sourire.

– Non, mais tu vas me le dire !

– Eh bien, parce que tu as autant d'imagination que moi. J'ai eu l'idée de l'incendie, et toi…

– … celle du potager du Roi ! compléta Gaspard.

– On forme une bonne équipe, tu ne trouves pas ?

– Tout à fait, miss duchesse ! Mais il y a une chose qui nous a échappé…

– Laquelle ? murmura Louise-Françoise, soudain inquiète.

– Nous ne saurons jamais par qui la rumeur de l'annulation du mariage est parvenue au *Mercure curieux*.

– La rumeur…, répéta la fillette en soupirant. Sait-on comment elle naît, jusqu'où elle est capable de se répandre, et à quoi elle peut mener ? À propos… en passant par la Grande Galerie, tout à l'heure, j'ai entendu parler d'une chose qui pourrait…

– … intéresser *Le Mercure curieux* ? rebondit aussitôt Gaspard.

– Hum… je crois bien, minauda Louise-Françoise.

– Une rumeur ? insista le garçon.

– En effet, mais rien d'urgent. Avant de t'en parler, je vais tâcher d'en apprendre davantage. De toute façon, demain matin, je dois accompagner ma mère en son château de Clagny. Nous y demeurerons quelques jours. Alors, retrouvons-nous ici dans une semaine exactement, le 9 mai, et je t'en dirai plus !

– À vos ordres, mademoiselle de Nantes.

– Ah non ! Je préfère quand tu m'appelles « miss duchesse » !

Table

L'illustratrice

Mégane Lepage est née à Paris et la passion du dessin lui a pris dès son plus jeune âge. Après une classe préparatoire en arts, elle se spécialise en conception 3D à l'école Georges-Méliès. À l'issue de son cursus, Mégane intègre un grand studio de cinéma d'animation en tant que character modeler et continue le dessin à travers différents projets d'illustration. Elle développe son univers personnel autour de l'esthétique baroque et de l'époque de Louis XIV. *Scoop à Versailles* est l'occasion pour elle de donner vie à des personnages hauts en couleur et à une enquête passionnante dans un décor qu'elle aime et revisite à sa façon.

L'auteure

Anne Pietri est née à Paris. Orthophoniste et romancière, son travail auprès des jeunes enfants et sa passion pour le château de Versailles la mènent naturellement à écrire des histoires pour la jeunesse. Après un premier livre-jeu interactif intitulé *Le Palais aux 100 festins*, la série *Les Orangers de Versailles* connaît un succès international et fait partie des recommandations de l'Éducation nationale. Elle est suivie de plusieurs livres-jeux, romans et séries publiés aux éditions Gründ, Bayard et Hachette.

Aux Éditions Gallimard Jeunesse, *Scoop à Versailles* inaugure une nouvelle série d'intrigues à l'époque de Louis XIV.

Découvrez de nouvelles aventures
à la cour du Roi-Soleil
dans le tome 2 de

Scoop à Versailles

La Ménagerie royale de Versailles abrite un nouveau pensionnaire ! La rumeur parle d'un fauve...

Alors, panthère, lion, guépard, ou tigre ? *Le Mercure curieux* manque d'éléments pour publier cette étonnante information.

Avec son amie Louise-Françoise, Gaspard se rend à la Ménagerie pour mener l'enquête. Ils découvrent que les cages et les enclos sont bien gardés par les soigneurs. Pourtant, des animaux semblent avoir disparu... Nos deux reporters en herbe vont devoir user de mille ruses pour résoudre cette nouvelle affaire !

Le papier de cet ouvrage est composé de fibres naturelles, renouvelables, recyclables et fabriquées à partir de bois provenant de forêts plantées et cultivées expressément pour la fabrication de pâte à papier.

Mise en pages : Françoise Pham

Loi n° 49-956 du 16 juillet 1949
sur les publications destinées à la jeunesse
Dépôt légal : juin 2021
ISBN 978-2-07-514554-1
N° d'édition : 367360
Imprimé en Italie par Grafica Veneta